ZUM BEISPIEL BERLIN. DAS LEBEN. UND ICKE.

KLEIN- UND KURZGESCHICHTEN AUS DER HAUPTSTADT

RENÉ STAFFELDT.
BERLINAUTOR.

»Berlin nicht zu mögen ist

schwerlich.

Denn vieles in ihr find' ich herrlich.

Zwar kann man sich streiten.

Über Herstellungszeiten.

Eines Flughafens zum Beispiel.

Lächerlich!«

IMPRESSUM

»Zum Beispiel Berlin. Das Leben. Und Icke. Klein- und Kurzgeschichten aus der Hauptstadt«

ISBN: 9783750424128

Kontakt
https://berlinautor.de/kontakt/ oder direkt per Mail an berlinautor@gmx.de

Hat Ihnen das Buch gefallen, so empfehlen Sie doch Ihren Freunden den Kauf eines persönlichen Exemplars. Ein großes Dankeschön ebenfalls dafür, dass Sie die Arbeit des Autors respektieren.

Bildnachweis
Cover unter Verwendung eines Werkes von

»tpsdave« (Pixabay; frei zur kommerziellen Nutzung).

Mehr vom BerlinAutor

Eine aktuelle Übersicht über die veröffentlichten Werke von René Staffeldt als *BerlinAutor* sind auf der Webseite unter https://berlinautor.de/berlin-buecher/ zu finden.

Neben dem vorliegenden Werk sind bisher erschienen:

- **»Last Christmas beginnt in Berlin schon im Juli:** Doch dieses Jahr wird alles anders …« Kurzgeschichte, als E-Book und als Taschenbuch bei Amazon.
- **»Die technischen Leiden des Berliners E.:** Von einem, der losging, die heutige Technik zu verstehen« Kurzgeschichte, als E-Book und als Taschenbuch ebenfalls bei Amazon.
- **»Geh Dicht aus Berlin.** Kurze Geschichte und lange Gedichte aus der Hauptstadt« Gedichtband, als E-Book und als Taschenbuch ebenfalls bei Amazon.
- **»Viva Renézuela** – Der etwas andere Reiseführer durch das Land der aufstehenden Wonne« Reiseführer, als

E-Book und als Taschenbuch, ebenfalls bei Amazon.

Weitere Werke sind derzeit in Arbeit und in Planung.

8

INHALT

WARUM AUSGERECHNET BERLIN?

Zum einen wohne ich in Berlin, nehme dementsprechend live vor Ort wahr und beobachte das hauptstädtische Treiben mit wachsender Begeisterung. Sogar das Fotografieren habe ich angefangen, wenn auch in überschaubarem und amateurhaftem Ausmaß. In der Folge begann ich dann diese Eindrücke zum Thema Berlin zu sammeln und auf unterschiedlichen Wegen zu veröffentlichen.

Zum anderen finde ich Berlin ein bisschen gut. Was Außenstehende und -wohnende meist erst so wirklich verstehen, wenn sie dann länger hier leben.

Ich selbst bin einfach im Jahre 2005 zugereist, und habe ich mich in die Stadt verliebt. Dann in der Stadt in meine Frau, eine waschechte Berlinerin, verliebt. Bin Vater eines waschechten Berliners geworden. Dann bin ich einfach geblieben.

Warum? Weil Berlin wohl die großartigste Stadt ist, in der Mann, Frau, Kind, Kegel und ich, der Autor, leben können.

Meine ich.

Der Autor.

Aus Berlin.

René Staffeldt. *BerlinAutor*.

1 – NEULICH IN BERLIN

Ich hatte mich wieder einmal auf das Wagnis eingelassen, den Großstadtdschungel mit dem öffentlichen Safaribus zu bereisen. Das Abenteuer öffentlicher Nahverkehr birgt, gerade in Berlin, manchmal groteskere und gefährlichere Szenen innerhalb der Verkehrsmittel, als außerhalb derselbigen überhaupt denkbar wäre.

So begab es sich, dass der Bus von einer Mutter mit ihrem exakt fünfjährigen Sprössling namens Iggy bestiegen wurde. Ich weiß das so genau, da ich in Safaribussen stets die Loge einzunehmen pflege. Nachwuchs-Iggy trat dann in seiner ihm eigenen jugendlichen Forschheit einem Herrn mittleren Alters direkt vor ihm in die Hacken. Dieser, wenig amüsiert, schaut sich um, sieht niemanden, blickt dann hinab, zögert kurz verwundert und beginnt dann doch noch sein

Berliner Unterhaltungsprogramm.

»Pass ma uff, du Knirps. Noch so'n Ding und dann klatscht es. Aber keen Beifall, dit sach ick dir.«

Knirpssprössling Iggy dreht sich weinend und Schutz suchend zur Hulk-mutierten Mutter um und will sich gerade beschweren, da wettert diese schon ungefragt zurück.

»Wat bist du denn für'n blödes Rindvieh? So kannste doch nicht mit Kindern reden!«

Während ich noch sinniere, ob es auch kluge Rinder gibt, und mich daran erfreue, dass der Berliner an sich auch in solch emotional aufgeladenen Momenten stets die Haltung bewahren kann, um sein Gegenüber weiterhin ungefragt, aber stilsicher zu duzen, hole ich Stift und Papier heraus. Diese Szene muss ich notieren. Denn wer weiß, wozu solche Geschichten, die definitiv nur das Leben schreibt, noch mal gut sein werden. Für die Nachwelt sollte man so etwas aufbewahren, das glaubt dir doch nachher wieder keiner.

Iggy ist das egal, der hat jetzt Mama Hulks Handy zum Spielen bekommen.

2 – Gott ist ein Berliner

»Vor Gott sind eigentlich alle Menschen Berliner«, sprach, behauptete, unterstellte, überraschte und provozierte einst der Fontane Theodor.

Und ich wusste es doch. Irgendwie. Ich las diese Worte in der U-Bahn und es öffneten sich meine Augen. Vor diesen, nun geweiteten, erschienen mir Erklärungen. Wurde doch nun alles transparent und bestätigte, was ich selbst schon immer mutmaßte.

Vor Gott sind wir alle Berliner.

Natürlich sind weder die Berliner U-Bahn noch ich unparteiisch in diesem Punkt. Also darf ich diesen Gedanken einmal weiterspinnen:

Gott: »René? René? René?«

Icke: »Mein Gott! Was ist denn los?«

Gott: »Weißt du, was mir wirklich am

Herzen liegt?«

Icke: »Kranzgefäße?«

Gott: »Ähm, ja, die bestimmt auch. Aber schau mal in die weiten Weiten über die hügeligen Höhen. Dort am Ende des Regenbogens, dort liegt Berlin. Eine tolle Stadt. Meine dortige Kreation an Eingeborenen ist mir auf eine Art sehr gelungen, macht mich auch stolz. Ja, sie sind dort etwas eigen, aber sie sind ehrlich, das war mir wichtig. Ich habe hier mal eine neue Art direkter Offenheit ausprobiert. Allerdings war ich bei der Fähigkeit etwas nachlässig, angefangene Dinge, einen Flughafen zum Beispiel, bis zu Ende zu bringen. Dafür können die quatschen, ich sag es dir. Bis dir die Ohren bluten oder du schreiend wegläufst, je nachdem, was früher eintritt.«

Icke: »Ja, das klingt vertraut. Aber jetzt lass uns gehen, es fängt an zu nieseln.«

Aufgrund des Regen bogen wir dann ab, um uns unterzustellen und das Gespräch zu einem späteren Zeitpunkt fortzusetzen.

3 – Iggy Pop und Ich mit dem BVG-Bus durch Berlin

Ich saß halb-neulich im Auto auf einer Tour durch Berlin und hörte plötzlich einen alten Bekannten aus dem Radio behaupten, er wäre ein reisender Passagier. »Iggy Pop, alte Hütte!«, schoss es mir durch den Kopf. Warte mal, war da nicht was mit Iggy, Pop und Berlin? Schnell mal das allwissende Orakel mit dem großen G befragt, und da stand, woran ich mich doch zu erinnern vermochte.

Wie einige Größen seiner Zeit war Iggy Ende der 1970er-Jahre nach West-Berlin gegangen. Ich habe bis heute nur schemenhafte Ideen, was diese Künstler seinerzeit motiviert haben mag, ausgerechnet in die vermauerte Inselstadt zu reisen. Und zu allem Überfluss dann auch noch in Deutschland.

Nachtleben? Berlin-Zulage? Weil auch sie sich dem Militärdienst entziehen und Taxi fahren wollten? Vielleicht war es die Mischung aus all dem. Plötzlich wurde mir dann aber klar, dass sich Iggy zu einigen seiner bekanntesten Songs in Berlin inspirieren ließ. Und das sind bestimmt Lust for Life und Passenger. Dass man im Berliner Nachtleben Lust for Life kriegen kann, das kann ich mir ja noch vorstellen. Aber wie kommt man auf die Idee, in Berlin … in Berlin (?) … in Berlin (!) … eine Hommage an die öffentlichen Verkehrsmittel und das erklärtermaßen beliebteste Bepöbelungsobjekt der Eingeborenen zu verfassen? Da fühlt man sich ja fast genötigt, das satirisch zu beleuchten.

[Kopfkino an]

Ich sitze mit Iggy in der 1977er Variante eines BVG-Busses. Wir wählen natürlich das Oberdeck, einfach weil wir schon damals cool und Punk waren. Wir fahren durch Iggys Kiez und er zeigt mir Stellen, die er gerne mag. Er singt dazu:

»I am a passenger, and I ride and I ride.«

Ich erinnere mich ganz klar, wie seine erste Textidee lautete:

»I am with BVG, that I like, that I like.«

Scheint sich in der finalen Version des Liedes aber so nicht durchgesetzt zu haben. Er textet weiter, scheint einen Lauf zu haben.

»I am a passenger, I stay under glass, I look through my window so bright.«

Er guckt also aus dem Fenster und erzählt was von einem Döner Kebab, also Fleisch, das von einem Drehspieß geschnitten und mit Brot, Salat und einer Soße gereicht wird. Klingt so spektakul- wie revolutionär und ist erschwinglich. »Hat das Zeug zum Massennahrungsmittel der Zukunft. Glaub es mir!« Dass diese Variante der im Orient schon lange bekannten Vollwertmahlzeit auch noch in Berlin erfunden wurde, darauf besteht er, der Iggy. Seinen Optimismus möchte ich haben. Klingt ja gerade so, als wenn es das in Berlin irgendwann mal an jeder Ecke zweimal geben würde. Das halte ich für ein Gericht.

Wir fahren also weiter und kommen am Flughafen Tempelhof vorbei. Witzig, so ein Flughafen mitten in der Stadt. Aber was für eine Platzverschwendung in bester Lage. Man sollte den irgendwann stilllegen und entweder komplett zubetonieren für Wohnraum, oder eine offene Parkanlage für die Bürger daraus machen. Besser Letzteres, schließlich ist ausreichender und bezahlbarer sowie ausreichend bezahlbarer Wohnraum in Berlin auf Jahrhunderte kein Problem und wird es auch niemals werden.

Es wird Nacht und Iggy wieder kreativ.

»He sees the city sleep at night, he sees the stars are out tonight.«

Schon ein Guter, der Iggy. Wie er auch die einfachsten Beobachtungsfrüchte so gezielt auf den Punkt und textlich in Form bringen kann. Wir fahren noch ein Weilchen bis zu einer Tanzlokalität »la la la la la la la la«, wo Iggy heute auftreten wird. Damit war dann auch der Text für den Refrain gefunden.

Bingo!

[Kopfkino aus]

So oder ähnlich könnte das doch damals gelaufen sein. Ob die BVG davon weiß? Oder vielleicht heute noch Tantiemen daran verdient? Oder ihm zahlt?

Diese Antwort weiß auch komischerweise das Orakel nicht. Dann behaupte ich es einfach weiterhin.

I am a passenger.

4 – Der iKaaGeBe ermittelt in Berlin

Sie waren sich ausnahmsweise einmal einig. Das passiert schon selten genug. Aber wenn es gegen einen internationalen Schmugglerring von Mangosetzkeimsämlingen geht, muss man Profi genug sein und achte auch mal gerade sein lassen.

Zusammenreißen wollten sie sich, um durch ihren neu geformten Zusammenriss Schlimmeres zu verhindern. Die Operation *Rawbite* duldete keinen Aufschub, und so traf sich in der Area Berlin-Pfifftie-Wann das Who's Who der internationalen Kapital-aus-Gemüse-Bekämpfungseinheit (kurz iKaaGeBe):

- Renate Ranunkel-Radicchio
- Ferdinand von Feld und Salat

- Manfred M. Öhre
- Gidion Gurke und
- Markus-Zacharias-Jonathan-Silvester Tomate, den alle nur Tomaten-Mark nannten

Sie sollten nun also herausfinden, ob es einen Zusammenhang zwischen neuerlichen illegalen Lieferungen von Mangosetzkeimsämlingen und der jüngsten Sichtung von fliegenden Salatschüsseln in der direkten Umgebung von Pfifftie-Wann gab. Hinweise aus der non-vegetarischen Hipster-Bevölkerung in Berlin-Friedrichshain gab es genug, aber zunächst mussten einmal die Prioritäten geklärt werden.

»Wer macht'n hier den Chef? Den Boss? Den Obermacker? Den Verantwortlichen? Die Autorität? Die Ober-Gurke? Nix für ungut, Gidion!« warf Tomaten-Mark kompetent in die ratlose Runde.

»M. Öhre, Sie übernehmen das! Sie haben die längste Erfahrung im Kampf gegen den organisierten Samenhandel. Sie haben schon Sprösslinge für den iKaaGeBe gejagt, da haben sich andere Knollen die Radieschen noch von unten angeguckt. Phänomenal und international bekannt natürlich auch Ihre spektakuläre Rettungsaktion unseres Star-Agenten Sir Peter Silie tief im Grenzgebiet der Süd-Berliner Salatisten. Wäre M. Öhre nicht gewesen, könnten wir nur ahnen, was diese Knollennasen mit Silie gemacht hätten. Kaum auszudenken. Aber gut, zurück zum Thema. M. Öhre, sind Sie bereit?« fragte Ferdinand von Feld und Salat.

M. Öhre nickte zustimmend, strich sich seelenruhig das seidige Bund-Grün hinter das Ohr und gab bekannt, was als Nächstes zu tun sei. Renate Ranunkel-Radicchio stand vor ihm wie im Boden festgewachsen. Ob sie M. Öhre wie immer eine vitaminreiche Hilfe sein können wird?

5 – Beliebtheit vs. Beleibtheit. Mein voller Ernst aus Berlin …

Das Schöne an der deutschen Sprache ist neben ihrer Vielfältigkeit ihre gleichzeitige universelle Einfachheit. Mehr oder weniger.

Und so glitten mir beim Schreiben eines völlig artfremden Themas über einen Berliner Kriminalisten zwei Wörter aus den Fingern, wie sie gleicher kaum klingen und sich ergänzen, zeitgleich aber kaum unterschiedlicher sein könnten. Schaut man sich an, was dieser Kriminalist im Laufe seiner Dienstzeit so alles geleistet hat, ist es fast etwas seltsam, dass man ihn kaum kennt und nicht Dutzende von Romanen über ihn erschienen sind. Vielleicht verkehre ich jedoch auch einfach nicht ausreichend in den einschlägigen Kreisen.

Oder schon mal was von Ernst Gennat gehört?

Nein?

Siehste. Ich bis vor kurzem auch nicht.

Er soll an dieser Stelle aber einmal für die variable Ergänzungsnutzung dieser genannten Wörter Pate stehen. Oder eher sitzen. Der Knie wegen.

Dieser Herr vereinte nämlich diverse interessante charakterliche Eigenschaften in seiner Person. Das steigerte seine Beliebtheit.

Und außerdem wog er ungefähr 135 Kilogramm. Er steigerte offensichtlich nach und nach seine Beleibtheit.

Durch seine Beliebtheit und Beleibtheit verdiente er sich sogar den Spitznamen »Der volle Ernst«, wobei er sich zudem durch einen eigenwilligen trockenen Berliner Humor und eine direkte und offene Art auszeichnete, für die man ihn fast entlassen hätte.

Ihm wird auch ein durchgängig beneidenswerter Appetit nachgesagt, da er sich wohl regelmäßiger Nahrungszufuhr hinzugeben wusste.

Was außer dem korrekten Umgang mit Spuren und der Sicherung von Beweisen, der Gründung einer organisierten Polizeieinheit, dem Verbot von Gewalt beim Verhör, der Begründung des frühen Profilings, der Fernsehfahndung, der (Weiter-)Entwicklung von Ermittlungs-techniken sowie des 3. und 4. Frühstücks hat er denn nun eigentlich überhaupt geleistet, der volle Ernst?

Und wie oft wurde seine Frau wohl, auf ihn deutend, gefragt, ob das wirklich ihr voller Ernst sei?

Nun könnte man also mutmaßen, wer beliebt ist, ist irgendwann automatisch auch beleibt.

Ob man so beleibt auch beliebt werden kann? In unserer heutigen Zeit der photogeshoppten Ideale?

Und wie kann man Beliebtheit mit zunehmender Beleibtheit bewahren?

Gibt es vielleicht sogar einen Zusammenhang, eine Parallelität, einen gleichbleibenden Anstieg von Beliebt- und Beleibtheit?

Andersherum stellt sich wieder die Frage, ob auch beleibt wird, wer (bereits) beliebt ist.

Oder (bereits) beleibt sein muss, um (zukünftig) beliebt zu sein.

Oder es aber vorzuziehen wäre, lange beliebt zu bleiben, um auch irgendwann, als Zeuge des eigenen Wohlstands, beleibt sein zu können.

Oder, nicht nur im Ernstfall, man auch beliebig beliebt sein kann, ohne ebenfalls beleibt zu sein.

Er selbst mag ja beileibe auch gar nicht so

beleibt gewesen sein, wie man immer behauptet.

Dafür aber beliebt wie das holde Weib, die seiner Beleibtheit Vorschub zu leisten geneigt war. Ihn, in Ermangelung von Stachelbeerkuchen außerhalb einer x-beliebigen Saison, in einer Art Verzweiflungstat mit Kaltem Hund ruhigzustellen geruhte.

Man, Ernst und ich dürfen also feststellen:

Form follows Function – Beleibtheit follows Beliebtheit.

Kühne These. Diese These und weitere Fragen drängen sich also auf, wenn man den vollen Ernst des Lebens näher beleuchtet.

Er wäre stolz auf mich gewesen.

6 – BESSER BESSER ESSEN IN BERLIN

Politisch korrekt wollten sie sein und wählten daher immer nur Läden, die mindestens ein Fair-Trade- oder Utz-Label irgendwo im Restaurant angebracht hatten. Was sollten denn sonst bitte die Leute denken?

So entdeckten Sie ein hippes Berliner Szenelokal mit dem unscheinbaren Namen »Lutz' Bierkneipchen«. Die Preise waren mehr als in Ordnung, das offensichtlich vegetarische Herrengedeck fast lächerlich günstig. Wenn das die Freunde wüssten, eifersüchtig wären sie.

Also stolperten sie in das Lokal und wurden von den wenigen Stammgästen überrascht angeschaut. Wie auch von Lutz, der sich mit dem Bierkneipchen vor 3 Jahren einen Lebenstraum erfüllt hatte und seitdem mit konstanter Leidenschaft die Luft aus den Gläsern seiner Stammgäste ließ. Profi, der er jedoch war, ließ er sich nichts anmerken und bot seine Dienstleistungen feil.

Lutz: »Wollta wat essn oder nur n Bia?«

Er: »Ein Heißgetränk zum Anfang. Ist Ihre Trinkschokolade Utz-zertifiziert?«

Lutz: »Sicher, der janze Laden ist Lutz-zertifiziert. Siehste doch!«

Er: »Gut, dann davon bitte zwei. Zum Essen möchte ich gerne etwas bestellen das außerordentlich gut schmeckt. Es darf nicht dick machen, daher Trennkost. Viel Eiweiß, null Kohlenhydrate. Bio-Qualität natürlich. Also keine künstlichen Aromen oder Zusatzstoffe. Laktose-, pilz-, gluten-, hefe-, fleisch-, zucker-, mehl-, eier-, möhren-, fisch-, erbsen-, petersilien- und kartoffelfrei das Ganze. Und das alles zu einem günstigen Preis. Was können Sie da anbieten?«

Lutz: »Ick hätte da noch n paar alte Winterreifen hinten im Hof. Da ist nüscht von dem drin, was du jesagt hast, Kollege. Und sind aus natürlichem Gummi, also bio. Und dazu vielleicht noch n Stück unbehandelte Berliner Weihnachtskiefer vom letzten Jahr? Is ooch janz natürlich!«

Er: »Bitte?«

Lutz: »Pass uff. Ick muss kurz weg, mir die Elefantenhaut an den Ellenbogen eincremen, hat mir meine Lisa gesagt. Wenn ich zurück bin, biste entweder abjehauen mit deim Quatsch, oder du kriegst ne Currywurst. Sachste Bescheid!«

Sie gingen dann.

7 – HEUTE EMPFEHLEN WIR: BERLINER PHILOSO-FISCH

Höchst interessiert blieben Herr und Frau T., ihres Zeichens reisende Stadt-Interessierte aus dem Schwarzwald, vor dem Angebotsschild des ***Café Philoso-Fisch*** stehen.

Heute empfehlen wir: Berliner Philoso-Fisch mit Beilagen!

Das hatte doch was. Neben etwas zu beißen schien hier also noch Wortwitz serviert zu werden. Man durfte also gespannt sein, und so nahm man Platz. Wie der Wind kam bereits nach circa 20 Minuten das Servicepersonal herbei-geschlurft und war bereit, die Bestellung in den Block diktiert zu bekommen.

Herr T., in Berliner Umgangsformen noch

etwas unerfahren, wagte sich forsch nach vorne, um in Erfahrung zu bringen, was es wohl mit dem angepriesenen Philoso-Fisch auf sich hätte. Das Personal entpuppte sich als professionell genug, um es dem Gast zu erläutern.

»Es handelt sich um ein Gericht, das Berlin nachempfunden ist. Mit einem Stück des heimischen Philoso-Fisches, serviert auf einer rot-rot-grünen Salatgarnitur und Kartoffelbrei, so dieser rechtzeitig fertig wird. Als Dessert einen großen Windbeutel mit Großmaulbeeren-Sauce. Irgendwo in dem Fisch ist eine Nachricht versteckt. Ähnlich wie ein Glückskeks, nur bedeutungsschwangerer. Aber keine Sorge, keine verdorbenen Sprüche oder so. Eher was zum Nachdenken. Wäre das genehm?«

Ja, Herr und Frau T. waren begeistert, bestellten und verzehrten. Bis auf den Kartoffelbrei. Denn der wurde zwar serviert, dann aber direkt wieder abgeräumt. Er wäre wohl doch noch nicht fertig gewesen. Trotzdem zufrieden fand Herr T. in den Resten seines Philoso-Fisches dann die Nachricht. Ihm schien beim Lesen das Gesicht eingeschlafen zu sein, sodass Frau T. nachfragte. »Lies selbst«, sagte er gefasst. Sie nahm also den Zettel und las.

»Philoso-Fisch des Tages: Wenn Sie am

Herd mit einer Schöpfkelle stehen, werden Sie dann automatisch zum Schöpfer, wenn auch nur kurz? Denken Sie einmal darüber nach!«

Sie zahlten dann und gingen. Recht wortlos. Vielleicht dachten Sie wirklich darüber nach. Ganz vielleicht.

8 – IN, AUS UND WEGEN BERLIN: IN ALLER KÜRZE ABGEKÜRZT

Ich frage mich manchmal, wie unsere Kommunikation, speziell in der Hauptstadt der ausgiebig-freundlichen Aussprache, ohne Abkürzungen aussehen würde. Zugegeben, in gesprochener Kommunikation werden sie selten verwendet bzw. sind sie mitunter verpönt, auch wenn ich schon Leute »WTF« habe sagen hören, womit diese in dem Moment bestimmt nicht »Was? Tatsächlich, Friedhelm?« haben sagen wollen.

Das gilt i. d. R. auch für das geschriebene Wort. Na ja, zumindest außerhalb von WhatsApp und dergleichen, wobei da seltener das Wort als vielmehr der grundlegende Gesamtsinn und zu oft auch die Satzzeichen ab- und weggekürzt werden. Nichtsdestotrotz möchte ich hier ein paar Vertreter der abgekürzten Spezies ins Felde führen.

EsBüAuwmduws – Ein spektakulärer Beitrag über Abkürzungen und was man dazu unbedingt wissen sollte.

BER – Berliner Entertainment-Reinkarnation auf einer vormals vor den Stadttoren gelegenen Grünfläche, die seit mehr als einem Jz. nach einem zweifelhaften Plan zubetoniert wird. Ziel und Ausgang sind bis dato unklar. Die bisweilen kurzweilige Berichterstattung dazu hat über die Stadien Ungläubigkeit, Peinlichkeit und Mitleid mittlerweile Gewohnheit erreicht.

WM 2018 – Weltmeisterschaft im Fußball 2018. Peinliche Stille.

NeWaKaSchliFaSchlü – Nebenwaffenkammerschließfachschlüssel, eine tatsächlich in Gebrauch befindliche Ausrüstung bei der BW, zumindest noch in den Urzeiten, als ich Uniform trug. Und das war mittlerweile auch schon im Jahre 2001 A. D. Dieser Schlüssel öffnete Herzen. Und Nebenwaffenkammern.

EM 2020 / 21 – Europameisterschaft im Fußball 2020 / 2021. Alles wieder erste Sané.

DDR – Deutsche Demokratische Republik, seinerzeit aus Ruinen auferstanden. Umgangssprachlich verhüllender Ausdruck für die ehemalige halb-kommunistische Außenstelle der UdSSR, nördlich der autonomen Volksrepublik Bayern gelegen.

SchniPoSa – Szeneausdruck für Schnitzel mit Pommes und Salat, in Teilen Hollands regional garniert mit frischen Tulpenzwiebeln.

AdTnK – Auf der Terrasse nur Kännchen. Fast antiquierter Hinweis in einem Café, dass in den beliebteren Außenbereichen desselbigen nur Großverbrauch zulässig ist. Des Mehraufwandes wegen.

JAAF – *Just another Apple Fake*, unausgereifter Versuch einer Alternativ-Entwicklung eines Betriebssystems für Handys in Ermangelung von Google. Wurde leider nix.

Verfasst i. J. 2019 in Berlin a. d. Spree

9 – Besser passend zahlen in Berlin, sonst …

Ich bin (Wahl-)Berliner. Mit ganzem Herzen. Und Tränen in den Augen, wenn ich als Kind wieder nach Hause fuhr, als ich noch mehr als 100 Kilometer entfernt von Berlin wohnte. Also mit allem, was dazugehört. Ich bin Fan dieser Stadt, die die Freundlichkeit auf der Zunge durch dieselbige chauffiert. Meist ist sie allerdings gut versteckt. Leider nicht die Zunge, eher die Freundlichkeit. Das macht aber nichts. Denn so wie der Lippenbalsam in der werten Gattin Handtasche weiß man ja immer, sie muss irgendwo sein, sie ist nur manchmal etwas vergraben.

Berliner zu sein ist also an sich nicht schlimm und macht sich gut im Lebenslauf. Finde ich. Aber eine Eigenart, die ich bis dato nur aus Berlin kenne, löst stets eine gewisse, teilweise sogar vorauseilende Nervosität in mir aus. Diese Nervosität schlägt dann dann auch schon mal um. Vielleicht leide ich ja seit neustem auch an CPD (*compulsive prangenting disorder,* also ein Zustand des zwanghaften Anprangerns von Miss- und Mistständen), wie der moderne Psychiater zielsicher und pauschal aus dem Ärmel geschüttelt zu kategorisieren weiß.

Wenn ich, und an dieser Stelle sei stellvertretend für das große Ganze das backende Handwerk genannt, in Berlin etwas einkaufen gehe, warum muss ich mir da im Vorhinein schon Gedanken darüber machen, ob ich auch passend werde zahlen können?

Wie soll ich das bitte praktisch lösen?

Weiß ich vorher immer genau, was ich will? Selten, denn meist weiß ich ja bis kurz nach dem Erreichen des Tresens noch nicht wirklich, was ich überhaupt möchte.

Kenne ich die Preise auswendig und stelle mein Budget entsprechend der erwarteten Verzehrpräferenzen vorher zusammen? Nicht wirklich.

Plane ich meine Verzehrtour um mein passend' Geld herum? Wohl kaum.

Lasse ich mich jeden Tag, rein präventiv, von 10 Euro in abgezählten 5-Cent-, 10-Cent- und 20-Cent-Stücken begleiten? Nein, das ist mir zu schwer wiegend.

Muss ich nach einem Blick in meine Geldbörse auf den Kaffee verzichten, wenn ich nur Scheine bei mir trage? Weil ich die Gegenfrage und den Anschiss fürchten muss, nur weil ich bei einem Zahlbetrag von 4,70 Euro keine 20 Cent zum 5-Euro-Schein beitragen kann? Nur damit mir Frau F. jenseits des Tresens 50 Cent statt 30 Cent wiedergeben kann? Ist mir zu kompliziert, daher bin ich dagegen und daher prangere ich das an.

Ich meine, mal im Ernst: Kann denn jeder einzelne Kunde wieder aufs Neue eine Überraschung darstellen, da er die Frechheit besitzt, nicht mit passendem Kleingeld an den Dienstleister heranzutreten? Überfordert es die offensichtlich stets unvorbereitete Kasse von Frau F. jedes Mal erneut? Rechnen Dienstleister B., Servicekraft F. und Servicekasse K. nicht mit so etwas und bereiten sich vor, indem sie einen Kleingeldwechselbetrag X vorhalten? Oder werden hier, schwerpunktmäßig in Berlin, die Bäckereifachverkäufer auf solcherlei Peinigung getrimmt?

In der Unterrichtseinheit »Kunden ärgern, aber richtig. Aufbaukurs II« werden Phrasen vermittelt und eingetrichtert:

- Aha, hammwas nich noch größer?

- Hammse dit nich kleener?
- Nee, junger Mann, Zwanziger nehmwa hier nich!
- Hammse noch zwanzig Cent? Sonst kannick nich rausjeben!
- Wat is denn heute los? Alle kommse nur mit Zwanzigern!
- Seh ick aus wie ne Wechselstube?
- Nee!
- Wa?
- Wat?
- Is schon weg! Bald Feierabend!

Dazu noch ein zauberhaftes Augenrollen, sobald keine Münzen zum Ausgleich der Schuld angereicht werden, und schon fühle ich mich schlecht genug und bereue.

Vielleicht habe ich auch die AGBs nicht gelesen, die mir als Kunden meine Pflichten darlegen. Gibt es da irgendwo eine schriftlich fixierte Verantwortung oder Verpflichtung, die ich habe? Darf ich vielleicht sogar im 20-Meter-Radius eines Bäckers gar keine Scheine bei mir tragen? Gibt es tatsächlich ähnliche Einschränkungen wie in den Beförderungsbedingungen des lokalen ÖPNV niedergelegt, der mir die Pflicht auferlegt, passend zu zahlen, da mir ansonsten der Ticketkauf und somit eine Beförderung einseitig versagt werden kann? Dass also das Beförderungspersonal mir den Kauf eines Tickets beim Besteigen des Busses anbietet, ist demnach reine Kulanz. Und dass mir von eben diesem sogar Geldwechsel angeboten wird, nur weil ich gerade 2,80 Euro nicht passend habe, ist dann offensichtlich … hm, na ja, streng genommen ein Eigenbruch der Beförderungsbedingungen.

Vielleicht übertreibe ich ein wenig. Oder komplett. Vielleicht geht es nur mir so. Keine Ahnung, ob das in anderen Städten auch so ist (was mich wirklich mal interessieren würde). Vielleicht bricht sich hier nun ein kleines Unmütchen seine Bahn. Vielleicht ist es einfach die Angst vor Frau F., dass ich morgen wieder keinen Kaffee to go bekomme, weil ich mein Kleingeld zu Hause vergessen habe und auf das Augenrollen ob meines 5-Euro-Scheins verzichten möchte.

Ich weiß es nicht. Ich werde es herausfinden. Und eine Bürgerbewegung für kontaktlose Kartenzahlungen von Kleinstbeträgen bei Bäckern initiieren. Ich hoffe, irgendeine Lobby wird sich dafür finden, und diese steht dann geschlossen hinter mir.

Gemeinsam kriegen wir das gebacken.

10 – Echter Fakt: Berliner haben eine grosse Klappe …

Ohne Vorurteile streuen, schüren oder verfestigen zu wollen, aber … der Berliner an sich ist mitunter in der Außenwahrnehmung einer, der hier und da mal irgendetwas auszusetzen hat. Die Straße zu laut, die Bahn zu voll, die Schrippe schon wieder teurer, und »die da oben haben sowieso keene Ahnung«.

Um seinem hier und da berechtigten Unmut hinreichend Luft machen zu können hat sich, unter allerlei verschiedenen Einflüssen, in Berlin im Laufe der Zeit ein Dialekt, beziehungsweise eine Mundart, herausgebildet. Diese wirkt in der Regel etwas derb, mitunter (zu) sehr direkt und war lange Zeit als Dialekt der einfachen Leute verpönt. So begab es sich, dass sich diese ominösen Leute »da oben« in der Regel um die

Benutzung von hochdeutsch bemühten statt zu berlinern.

Eine kleine Berliner Klopsgeschichte soll an dieser Stelle einen Überblick darüber geben, was in der Hauptstadt so alles verbal kursiert:

Ick sitz' am Tisch und esse Klops,
uff eenmal kloppt's.
Ick kieke, staune, wunda mir,
uff eenmal jeht se uff, de Tier!
»Nanu!«, denk' ick, ick denk': »Nanu?
Jetz isse uff, erst war se zu?!«
Ick jehe raus und kieke,
und wer steht draußen? ... Icke.

Zum besseren Verständnis hier die hochdeutsche, und grammatisch korrekte, Version, auch wenn diese sich dann plötzlich nicht mehr reimt:

Ich sitze am Tisch und esse Klops,
auf einmal klopft es.
Ich schaue, staune, wundere mich,
auf einmal geht sie auf, die Tür!
»Nanu!«, denke ich, ich denke: »Nanu?
Jetzt ist sie auf, erst war sie zu?!«
Ich gehe raus und schaue,
und wer steht draußen? ... Ich.

Wie man hier allerdings gut sehen kann besteht der Berliner Dialekt aus mehr als nur dem »Jeld« statt »Geld« und dem »icke« statt »ich«. Ohne nun aber auf jede mögliche Einzel- und Eigenheit einzugehen, hier ein paar Beispiele der hiesigen Sprachauslegung:

- Zusammenziehung: »wattissn?« = »Was ist denn los?« oder alternativ hochtrabend »Was ist bitte dein / ihr Begehr?«. Ein anderes Populärbeispiel wäre »Ach komm, vajisset!« = »Ach komm, vergiss es!«
- Anrede in der ersten Person Plural: »Haben wir schon jewählt wat wir essen wolln?« = »Haben Sie schon gewählt was Sie essen möchten?«
- Akkusativ und Dativ werden kaum unterschieden durch Nutzung des Universalausdruckes »mir«: »Dit betrifft mir nicht« = »Das betrifft mich nicht«
- »J« statt »G« und »P« statt »PF«: »Jib mir ma meen Jeld zurück, sonst hau ick dir eene vorn Kopp« = »Gib mir mal mein Geld zurück, sonst müsste ich die Anwendung von körperlicher Gewalt ernsthaft in Erwägung ziehen«, wobei dieser Satz erfreulicherweise die meisten der vorgenannten

Eigenschaften vereint.

Ach ja, der Überlieferung nach stellt die Redewendung »Da jibt's jarnüscht zu meckan« die höchste Bestätigung dar zu der ein Berliner in der Lage ist, wenn er eigentlich loben will. Denn wenn es tatsächlich nichts (mehr) zu meckern gibt, dann scheint ja alles gut zu sein. Keine Baustellen mehr, U-Bahn pünktlich, BER geöffnet und die Schrippe kostet wieder 5 Pfennig.

Dit wär' doch'n bisschen juut!

11 – Limericks aus Berlin sind Berlinericks. Logisch

Ich mag Limericks und denke immer wieder, wie sehr es sich bei dieser Kunstform um eine viel zu selten gepflegte handelt. Viele Künstler haben einige, wenn auch in der Summe für meinen Geschmack nicht ausreichende Anzahl Limericks geschaffen.

Ein klassischer Limerick hat also fünf Zeilen, mutet im Optimalfall humorig an und sollte dem Reimschema aabba folgen. Aha, Limericks folgen also dem aABBA-Schema. Das allein ist doch schon mal interessant. Auch wenn diese Limericks wohl herkunftsmäßig recht wenig mit Schweden und dort den beheimateten Pop-Giganten zu tun haben.

Dass ich ein Berlin-Fan bin, habe ich an verschiedensten Stellen bereits kundgetan.

Bereits Gott unterstellt, er wäre ein Berliner. Eigens eine Kategorie in meinem Blog für Berlin geschaffen. Sogar schon ein Buch zu dem Thema veröffentlicht.

So wären dann also Limericks von, über und aus Berlin konsequenterweise Berliner Limericks. Oder Berlin-Limericks. BerlinLimericks. Oder eben *Berlinericks*. Und warum, wenn es nicht ein Zeichen ist, steckt in dem Wort Limerick wohl das Wort »ick«? Kommt hier etwa zusammen, was zusammengehört? Muss ich mehr sagen oder ausführen? Denke nicht.

So kombiniere ich nun die beiden obigen Punkte und begründe eine neue Kunstform. Unter diese soeben neu begründete Kunstuntergattung fällt meine erste Eigenproduktion:

Berlin nicht zu mögen ist schwerlich.
Denn vieles in ihr find' ich herrlich.
Zwar kann man sich streiten.
Über Herstellungszeiten.
Eines Flughafens zum Beispiel. Lächerlich!

Na dann. Das ist doch mal ein Anfang.

Daher folgen auf den nächsten Seiten noch ein paar Ausführungen mit eben diesen.

12 – Ein Hoch auf neue Feiertage als Berlinerick

Manchmal ist das Leben ungerecht. Vor allem uns Berlinern gegenüber. Da monieren wir seit vielen Jahren den Umstand, dass wir bundesweit die wenigsten Feiertage haben. Zum Vergleich: In Berlin gab es bis 2019 nur 9, während die autonome Volksrepublik Bayern auf 13 kam. Wobei uns hauptstädtlich solche denkwürdigen Ereignisse wie der *Ulrich-Hoeneß-Gedenktag* am 5. Januar oder der *Bierfassanstich auf dem Oktoberfest* im September als feste Einrichtungen ~~erspart~~ versagt bleiben.

Zum Unbehagen der lokalen Politik wird dann im Jahr 2018 endlich die Diskussion um eine Erweiterung losgetreten, und plötzlich kriegt kaum einer mit, dass man sich tatsächlich fast in Rekordzeit entschieden hat.

Als ich das Anfang März 2019 realisierte und meiner Frau mitteilte, waren wir uns beide sicher, ich würde mich irren. Aber nein, der Internationale Frauentag am 8. März ist seit 2019 hochoffiziell und tatsächlich ein Feiertag in Berlin.

Wahnsinn.

Glückwunsch.

Wahnsinniger Glückwunsch, werte Damen. Und Glückwunsch auch an uns, werte Berliner, zum 10. Feiertag im Hauptstadtkalender.

Ich denke, ganz grundlegend war das eine gute und sinnvolle Wahl. Auch wenn der geistige Nieselregen im Senat noch andere Ideen niederbrachte. Über den 9. November sprach man, weil da die Mauer fiel. Den 8. Mai beäugte man näher, weil dort endgültig die Braunen fielen. Beide Ideen fielen am Ende durch. Offensichtlich.

So wurde es nun der 8. März. Wir lehnen uns entspannt zurück und lassen den Neu-Feiertags-Berlinerick das zusammenfassen.

In Berlin gibt ab heute die Frau Grund zum Feiern.

Dit finden wir dufte und verkürzen auf Bayern.

So wird es gerechter.

Für beide Geschlechter.

Er hält sie im März. Sie hält ihn im Mai. Jeweils nach der Party beim Reihern.

So haben am Ende alle was davon.

13 – Der Berlinerick macht Urlaub. Am 1. Mai

Es ist ja 2019 wahrlich nicht das erste Mal. Aber aufgefallen ist mir dieser kleine Widerspruch bis heute trotzdem noch nicht.

Denn da setzen wir *der Arbeit* ein Denkmal und feiern selbige. Und vor lauter genussvoller Feierarbeit machen wir an diesem Tag vor allem erst einmal eines – frei! Ist ja logisch. Urlaub am Tag der Arbeit.

Das Internet ist voll von Huldigung für und über die Arbeit. Na ja, eher für die Zeit, wenn sie unseren Wochenendplan nicht mehr länger bevormundet. Irgendwie scheint die Zeit zwischen Montagmorgen bis Donnerstagabend kurz vor unzumutbar zu sein. Freitag geht schon wieder, weil da ja praktisch schon wieder Wochenende ist.

So macht man konsequent anzügliche

Witze über Montag und den kleinen Bruder des Montags, den Dienstag. Mittwoch ist immer Bergfest. Da ist das Gröbste geschafft, und von da an geht es nur noch bergauf in die Richtung der ersehnten Ruhephase. Donnerstag ist schon fast Freitag, da beginnt man wieder zu hoffen.

Man kann sich ja des Eindruckes nicht erwehren, dass der stetig herannahende Montag mit all seinen peinigenden Folgetagen bei manchen Leuten ein Gefühl ähnlich einer Wurzelbehandlung beim Zahnarzt auslösen muss, Übellaune, Schweißausbrüche und unruhige Nächte von Sonntag auf Montag eingeschlossen.

Aber an jedem 1. Mai wird es Leute geben, die während der Feierlichkeiten arbeiten müssen. Die Chaoten in Berlin-Kreuzberg zum Beispiel, die bestimmt wieder ein Festival der Nächstenliebe mit circa 5.000 Polizisten zelebrieren werden. *Let's face it* – Kartoffeln werden die nicht werfen.

Und so darf der Berlinerick am Ende wieder in aller Bescheidenheit zusammenfassen:

Der 1. Mai in Berlin? Tag der Arbeit!
Den feiern wir richtig. Vor allem mit Freizeit.
Das klingt nicht nur seltsam. Sogar

paradox.

Doch Spaß ist hier sicher wie die Bank in Fort Knox.

Und Polizei in Reserve steht auch schon bereit.

Frohen ArbeitsFeierTag!

14 – Der Berlinerick klärt auf: Warum ein Berliner in Berlin nicht Berliner heisst

Oft bietet das Unerwartete die schönsten Überraschungen. Sind sie doch meist eines: unerwartet. Und daher überraschend. Bevor ich mich nun aber verbal im Kreis zu drehen beginne, sollte ich einfach mal zum Satzende kommen. Also zum Punkt.

Ich stand neulich früh an der S-Bahn-Haltestelle meines Vertrauens und sinnierte, ob ich mir in meiner morgendlichen Verfassung bereits ein Heißgetränk zutrauen sollte. Zu groß die Verbrüh-Gefahr, da ich aufgrund eines zu eingeschränkten Sichtfeldes eventuell die Warnhinweise auf den Kaffeebechern überlese.

Ich entschied mich, das Risiko einzugehen, wurde aber auf meinem Weg in den DB

ServiceStore von einem Schild gestoppt. Man wollte mir gepuderte Hefeteiglinge in Herzform zu meinem Kaffee kreuzverkaufen. An sich eine gute Idee, wäre da nicht dieses eine oder andere Detail. Auf dem Schild stand *Herzberliner*. Wo ich zunächst an ein Kompliment für uns Berliner mit Herz dachte, fiel mir schnell auf, dass diese rechtschreibliche Unzulänglichkeit (warum und seit wann schreibt man *Herz-Berliner* zusammen bzw. ohne Bindestrich?) auf dem Schild auch inhaltlich noch grundlegend falsch war.

Warum?

Weil Berliner in Berlin natürlich *Pfannkuchen* heißen. Klingt etwas unlogisch, ist es aber überhaupt gar nicht. Denn irgendwie beanspruchen wir diese Erfindung für uns. In den Anfangstagen dieser Backkreation hießen diese nämlich Berliner Pfannkuchen. *Berlin* hat man einheimisch aufgrund der räumlichen Nähe dann irgendwann weggelassen, so dass nur noch *Pfannkuchen* übrig blieben. Während sich diese Spezialität offensichtlich über die germanischen Kleinstaaten verteilte, wurde sie ausheimisch unter *Berliner Pfannkuchen* bekannt. Und da man außerhalb Berlins die Herkunft herausstellen wollte, wurde die Bezeichnung einfach zu *Berliner* verkürzt.

Macht doch Sinn. Und so fasst der Berlinerick das also zusammen.

Ein Wiener in Wien ist ein Wiener.
Ein Berliner in Berlin? Kein Berliner!
Denn der Teigling mit Füllung,
und Zucker zur Umhüllung,
heißt Pfannkuchen hier. Nicht Berliner!

Okay, ich hoffe ich konnte hier zu etwas mehr Klarheit beitragen.

Nun ließe sich konsequenterweise folgendes Kammerspiel in 1,5 Akten erdichten, wenn in Berlin ein potenzieller Käufer und Verkäufer der obigen Waren aufeinandertreffen:

Kunde betritt frohen Mutes die Bäckerei: »Juuten Tach, ick hätt jern zehn Berliner.«

Bäckereifachkraft: keine Reaktion.

Kunde, etwas verwirrt, wiederholt ruhig, wenn auch deutlicher: »Guten Tag. Ich hätte gerne zehn Berliner.«

Bäckereiverkaufsfachkraft: setzt an, gibt aber auf halbem Wege auf.

Kunde, höchstselbst kurz vor der Aufgabe und bereits im Abgang begriffen, entscheidet und formuliert um: »Werte Bäckersfrau. Ich wäre geneigt, hier zehn gepuderte Hefeteiglinge käuflich zu erwerben. Praktisch, ihrer habhaft zu werden, im Austausch mit dem Gelde. Das Ziel wäre interfamiliär-gemeinschaftlicher Verzehr. *Do you understand*?«

Bäckereikraft setzt nun nach: »Biste aus Berlin?«

Kunde, nun großäugig ob der ungeplanten Reaktion: »Jawohl, dit bin ick, *sir*!«

Bäckereifachverkäuferin: »Juut, dann solltest du dit besser wissen. Da darfste noch mal. Wie heißt dit hier wohl?«

Kunde, nun vollends verschüchtert und fast abwinkend, stammelt: »Darf ich hier einkaufen? Bitte?«

Bäckereiverkaufsfächerin: »Na juut, weil ick heute juut druff bin. Dit heißt hier natürlich Pfannkuchen. Berliner sagste, wenn du von woanders bist. Und dit biste ja wohl nicht. Also pass uff, ick lass dit noch ma durchjehen. Damit dir dit ne Lehre ist, gibt's heute aber nur neun zum Preis von zehn. Eena für mich. Verstehste, wa?«

Kunde zieht von dannen mit den neun Berli… Pfannkuchen natürlich. Nicht, dass er schlussendlich nicht bekommen hätte, was er verlangte. Wie eine Niederlage fühlt es sich trotzdem an. Irgendwie.

Anmerkung: Die Bockwurst kommt auch aus Berlin. Dazu an anderer Stelle mehr. Mahlzeit …

15 – Der Berlinerick vermittelt in der Streiksaison

Man würde ja nie mit ihr rechnen. Vor allem in Berlin nicht. Sie scheint so wie der Winter zu sein. Man ist immer wieder überrascht, wenn sie plötzlich da ist. Aber dann kommt sie dicke, massiert und unvorbereitet. Die Berliner Streiksaison.

In diesem Moment, da ich dieses Kapitel schreibe, wurde genau diese Saison mit dem ersten Heimspiel bereits eingeläutet und anständig begrüßt. Denn gestern streikten sich zunächst die Lehrer und der dazugehörige öffentliche Dienst in die Herzen der hauptstädtischen Einwohner. Für mich und meinen Nachwuchs hieß das, dass die Notbeschulung um 14 Uhr endete und mein Kind zurück in die Obhut der Eltern überstellt wurde. Was nicht schlimm ist, denn man mag sich ja. Mein großes Manko ist jedoch in der Regel, dass ich so etwas entweder nie rechtzeitig bzw. überhaupt mitbekomme. Oder aber, und das wäre noch zu beweisen, meine Gemahlin so etwas vor mir zurückhält, um mein zartes Gemüt nicht unnötig mit den Strapazen des Alltags zu belasten. Somit hatte sie ihren Teil rücksichtsvoll getan und der Lehrerstreik ging für alle Streik-Unbeteiligten glimpflich aus.

Aus lauter Dankbarkeit war ich dann später leider weit weniger rücksichtsvoll, als ich hätte sein sollen, als ich ihr am Mittwochabend mitteilte, dass uns am Freitag die Berliner Verkehrsbetriebe die Transportdienste versagen werden. Ich muss das irgendwie unromantisch vorgetragen haben, denn das sorgte fast zeitgleich bei uns beiden für Frust.

Traumfrau: »Ja, aber, wie sollen wir denn dann bitte zur … Mann, ey … Schule und so? Wo die doch jetzt gerade wieder streikfrei ist? Soll ich etwa … ach, komm … Fahrrad?«

Ja, das ist eine berechtigte und gute Frage, die sie da in den Raum warf. Dazu sollte ich DJ Bsirske und seine Marschbläser von ver.di einmal interviewen. Auch wenn es bei dieser einen Frage bestimmt nicht bleiben würde. Ich hätte da noch ein paar weitere, die sich nur auf eine gewisse gefühlte Realitäts-fremde der

Bläser gründen.

Beispiel aus dem Tagesspiegel: Der BVG fehlen schon jetzt mehr als 1.300 Mitarbeiter, die sie gerne einstellen würde. Leider findet sie diese nicht aufgrund von bereits vorhandenem Fachkräftemangel. Würde die ver.di-Kombo ihre diversen Forderungen durchsetzen, dann müsste die BVG noch weitere 500 Leute einstellen. Was grundsätzlich nicht schlecht wäre. Lässt man mal den Fakt außer Acht, dass sie diese auch nicht finden werden. Macht dann schon mehr als 1.800 neue Mitarbeiter, die sie nicht haben können.

Das macht so offensichtlich keinen Sinn. Und daher prangere ich das an.

Wie der genannte Artikel auch zu berichten weiß, soll das am Freitag ein Warnstreik werden, weil am vorausgeeilten Montag nach einem Verhandlungsmarathon von wahnsinnigen 2,5 Stunden keine Einigungen zu erzielen waren. An einem Freitag keine U-Bahnen und Busse bis Mittag nennt sich *Warnstreik*? Was folgt nach der Verwarnung, wenn die ernst machen? Soll ich auf gut Glück selbst einen Bus fahren? Daran kann ja auch keinem gelegen sein. Das würden sicher andere anprangern, so sie sich denn in meinen Bus mit der laufenden Nummer 99 trauen würden.

Die Ironie an der Sache: Ich und meine innere Stimme fahren normalerweise mit der U-Bahn, die beim Streik nicht fährt, zur S-Bahn. Die eher so mittel-meistens fährt.

In dieser etwas verfahrenen (*haha*) Situation hilft am Ende nur noch eines. Ein gepflegter Berlinerick wird hier feststellend und vermittelnd tätig werden müssen.

Etwa so:

Es heißt, in Berlin kann man streiken.
Ganz oft. Oft zu ganz schlechten Zeiten.
Die Schule. Die Bahn. BVG ganz speziell.
Der Berliner an sich braucht ein ganz dickes Fell.
Weil heftig die Adern im Hals sich sonst weiten.

Das kann ja heiter werden.

16 – Der Weihnachts-Berlinerick bereitet vor

Wo ich normalerweise nur konsumiere, glitt mir in der besinnlichen Vorweihnachtszeit tatsächlich ein Gedicht aus der Feder.

Na ja, eher die kleine, angetrunkene Version davon.

Zum Glück senkt diese das Niveau nicht allzu sehr. Aber mehr als Berlinerick kann ich (noch) nicht, wenn es einmal nicht um Schnecken geht.

Zurückhalten ging und sollte aber auch nicht.

Ganz Berlin ein einzig' Weihnachtsmarkt.
Wohl dem, der solche Märkte mag.
Jedoch die vollgeramschten Konsum-Alleen,
verhindern effektiv ein Weitergehen.

Was diesmal nicht am Glühwein lag.

Na, dann kann Weihnachten ja kommen.

17 – Die Unbehaustheit der gemeinen Berliner Nacktschnecke

Wer beim Wort »Nacktschnecke« die Präsentation einer nett anzusehenden Dame im Adamskostüm erwartet hat, der wird nun leider enttäuscht.

Das Einzige, was hier nackt ist, ist die Wahrheit. Diese aber handlich verpackt und präsentiert in reiner Reimform.

Die Schnecke is(s)t meist missgestimmt,
weil viele Schnecken nackig sind.
»Es ist zum aus dem Hause fahren«,
ließ schwermütig sie verlautbaren.
»Doch ohne Haus wird man mich haschen,
und unfrittiert mich dann vernaschen.
Nur ohne mich wird das passieren!«
Sie wollte grade losmarschieren,

als dann ein Kater, ein gar fieser,
ihr in den Muskel fuhr, dass dieser
Schnecke nur zu rufen blieb:
»Jetzt find ich nie den Häuserdieb!«
Und die Moral von der Geschicht',
reiz den Schneckenmuskelkater nicht.

Vielleicht könnte jemand der armen Schnecke einen warmen Schal für den Winter stricken?

18 – Ein Tag in Berlin. Ohne Google

Ein Leben ohne *Wham!* und *Last Christmas* wäre denkbar. Aber ein Tag ohne das Wissen und die unendlichen Möglichkeiten von Google wohl kaum noch. Nicht mehr im Jahre 2019. Ich erinnere mich an den Beginn meines Studiums im Jahre 2001. Da war Google mit der hauseigenen Suchmaschine unter uns noch eine Art Geheimtipp. Wie dieses Internet im Allgemeinen auch. Gab nicht viel auf der Startseite zu sehen. Dafür konnten sich die Ergebnisse sehen lassen. Zumindest wenn man nach ihnen suchte. Daher Suchmaschine.

Heute ist Google ja kaum noch aus irgendeinem Bereich des Lebens wegzudenken. Was nicht bedeutet, dass man das Wegdenken nicht zumindest mal versuchen sollte.

Okay, Herausforderung angenommen. Wie könnte so ein Tag ohne Google in Deutschlands schönster Hauptstadt aussehen?

[Kopfkino an]

Ich stehe morgens auf und suche nach meinem Handy. Natürlich das aktuellste Modell. Nur das Betriebssystem ist etwas unpraktisch. Leider noch unpraktischer als das von anderen Herstellern, dafür aber auch weniger stabil. Und so ist es dann passiert, dass mein Handy mit dem Betriebssystem namens JAAF (»*Just another Apple Fake*«) um exakt 3.11 Uhr in der Nacht eingefroren ist. Schon wieder. Daher klingelte der Wecker nicht und ich verschlief. Schon wieder.

Also raus aus den Federn und in meine Frau gerannt. Sie guckte etwas verunsichert aufgrund der aktuellen Wetterentwicklung in Berlin und fragte mich, ob ich wüsste, wie es sich denn heute noch so weiterentwickeln würde, das Wetter. Ich griff nach meinem frisch hochgefahrenen Handy und rief in tiefster Überzeugung »Okay, JAAF« in das Mobilgerät. Keine Reaktion. Ach so, JAAF beherrscht ja noch keine Spracheingabe in der aktuellsten Version 6.4.21 (»Bierschinken«). Ich werde nie verstehen, wie die JAAF-Entwickler darauf gekommen sind, ihre

Versionen nach deutschen Wurstsorten zu benennen. Die erste (beinah) lauffähige Version 1.0 (»Zwiebelmettwurst« setzte sich tatsächlich gegen »Geflügelleberpastete Komma streichzart« durch, war stabil, aber dünn vom Umfang. Version 2.0 (»Katenrauchwurst«) lief kaum, hatte aber einen Wecker und sollte mal einen Kartendienst bekommen. Die Versionen 3.0 und 4.0 wurden dann aufgrund der Übersichtlichkeit zusammengelegt (»Gemischte Berliner Aufschnittplatte«). Version 5.0 wurde ausgelassen, weil der Wecker nicht ging und man sich mit einen großen Wursthersteller nicht über die Schutzwürdigkeit der geplanten Versionsbezeichnung »Bockwurst« einigen konnte. So kam dann erst Version 5.9 (»Grobe Leberwurst mit Gartenkräutern«) wieder auf die Handys, allerdings noch immer ohne lauffähigen Wecker.

Na ja, Wetter gibt es dann also heute nicht, zumindest kein vorhersagbares. Ich renne also aus dem Haus, und schon wieder fehlt mir eine Art Software, mit der ich Routen berechnen, Straßenkarten an- und Laufwege voraussehen sowie die Entfernung in Kilometern abschätzen könnte. Kann nicht irgendjemand so etwas einmal erfinden? Ich würde ja JAAF um Rat fragen, aber JAAF hat ganz selbstbestimmt entschieden, sich wieder schlafen zu legen. Gefährlich, so ganz ohne Wecker. Mit viel Glück erwische ich dann noch fast die richtige U-Bahn in Richtung Neukölln, und schon ist das Handy nach dem 3. Neustart wieder verwendbar. Heute ist mein Tag. Was haben die Menschen nur damals ohne diese Technik gemacht?

Dann lass uns mal etwas surfen und eine Suchmaschine verwenden, die auch was taugt. Damit ich Yandex richtig benutzen kann, hab ich sogar Russisch sprechen und Kyrillisch schreiben gelernt. Denn alle anderen Suchmaschinen sind einfach nicht der Rede wert. Ich surfe also und surfe, verstehe praktisch gar nichts, surfe noch ein bisschen und sehe mir ein Musikvideo an. Leider nur eines. Gibt es da nicht irgendwo an einer zentralen Stelle mehr davon? Das wäre doch eine Idee. Wenn es nur eine Webseite gäbe, auf der man Musikvideos hochladen, sammeln und der Welt durch Teilen zeigen kann. Vielleicht sogar witzige Filmchen, wie die eigene Katze kotet oder der Hund harnt. Ach, so ein Quatsch. Wer würde so was filmen und dann auch noch anderen zeigen wollen? Und wer würde sich so was auch noch gefühlte 2,1 Millionen Male ansehen?

Ohne funktionierendes Handy, Wetterbericht, Routenplanung, anständige Suchmaschine und Musikvideo-Unterhaltung leide ich mich also durch den Tag. Ich bin mal wieder gezwungen, stattdessen einen wenig mobilen PC zu verwenden, für den Live-Wetterbericht vor die Tür zu gehen und den feuchten Finger in den Wind zu halten. Für die Route muss ich einen anderen routenlosen Menschen nach dem Weg zu fragen. Oder die Straßenkarte von Berlin auseinanderfalten. Ich entscheide mich gegen Letzteres, da ich die niemals wieder sinnvoll zusammengefaltet bekomme. Ich stelle bei meiner Yandex-Benutzung fest, dass mein Russisch unmöglich gut sein kann, sonst würde ich nicht dauernd solche Suchergebnisse sehen, wo ich mich fragen muss, ob der Typ dort einen Pullover trägt oder einfach unglaublich behaart ist. Und Musik? Soll ich mir jetzt wieder einen Walkman besorgen, nur weil dieses Handy einfach keine Musik spielt? Wo bekomme ich so was heute noch her?

Nein, das muss auch besser gehen. Ich habe einen alten Kumpel aus Studientagen, Larry Page. Der macht was mit Computern. Vielleicht kann der mir und der Welt helfen, wenn ich ihm meine Probleme nur eindringlich genug vorweine.

[Kopfkino aus]

Ich weiß nicht, wie ein Berlin ohne Google aussehen könnte. Ein bisschen komplizierter vielleicht. Weniger vernetzt bestimmt. Mehr Werbung im Internet, die so überhaupt nicht meine Interessen trifft, ganz sicher. Und ich könnte mich viel seltener profilieren, wenn jemand kommt und Hilfe mit seinem Handy braucht. So haben wir also alle was davon.

Nur JAAF nicht.

Schade.

19 – Meine innere Stimme führt mich sicher durch Berlin

Morgens kurz nach 8 Uhr in Berlin. Ich, mein Körper und somit meine innere Stimme schlafen eigentlich noch. Erstaunlicherweise befinden wir drei uns trotzdem fußläufig auf dem Weg zur Bahn. Irgendeiner von uns dreien scheint den Weg glücklicherweise auswendig zu kennen.

Ich habe mir einst für diesen sich täglich murmeltierenden Fall einen klaren und strukturierten Ablauf zurechtgelegt, quasi einen Morgenalgorithmus. Ganz simpel, *no* Hirnakrobatik *needed*:

Aus dem Haus gehen und Zigarette ins Gesicht.

Die U-Bahn erreichen.

Diese bietet Anschluss an die S-Bahn. Meistens.

Diese schließt mich wiederum an den Bus oder in Meistens-Ausnahmefällen an einen 15-minütigen Fußmarsch an.

Nächste Zigarette ins Gesicht und in das Haus gehen.

So vollendet sich der morgendliche Reisekreis. Für einen normalen Morgen eigentlich idiotensicher, das Ganze.

Nun sitze ich im dreiviertel wachen Zustand kürzlich bereits in der U-Bahn und es durchzuckt mich ein Gedanke. Oder halt, ist das nicht meine innere Stimme? Man erkennt sie leicht daran, dass sie so lieblich klingt wie ich selbst. Nur mehr so von innen heraus. Sie mahnt:

»Verzichte er heute auf die S-Bahn. Es könnten Verzögerungen noch unbekannter Art zu erwarten sein!«

Während ich noch sinniere, warum mich meine innere Stimme heute in der dritten Person anspricht, entscheide ich mich *sie/ihn/my inner me* zu ignorieren. Wird schon gut gehen mit der Berliner S-Bahn. Liegt doch kaum Schnee und für die Jahreszeit ist es fast zu warm. Denke ich, während ich die U-Bahn höhnend verlasse. Um am S-Bahn-Gleis dann auf der Anzeige retour-höhnend zu lesen:

Zug fällt aus.

F%*@#&*×&##%@ – aha, meine innere Stimme wusste es. Schon wieder. Ich habe nicht auf sie hören wollen. Schon wieder. Das ist natürlich F%*@#&*×&##%@ und somit etwas ungünstig. Warum ignoriere ich sie auch immer wieder? *Sie/er/my inner me* weiß es doch sowieso meist besser. Nun muss ich mich wieder belehren lassen. Das kann ich nicht leiden. Daher prangere ich das an. Mich selbst und meine eigene Nicht-Selbsthörigkeit prangere ich hiermit an. Das muss aufhören. Man sollte sich doch ruhig öfter mal selbst vertrauen. Schließlich ist man doch selbst sein bester Ratgeber. Heißt es.

Apropos Vertrauen. Ergänzend noch zum Thema S-Bahn. Warum fällt sie eigentlich heute aus? Und hier beginnt das, was ich liebevoll das »Berliner ÖPNV-Roulette« getauft habe. Die Regeln sind einfach und ich beschließe, dem Spiel »Ich gegen mich« noch eine letzte Runde zu gönnen.

- Man finde einen nicht-optimal funktionierenden Teil des Berliner ÖPNV.
- Man orakele den hier gegebenen aktuellen Ausfallgrund.
- Man platziere seine Wette auf denselben und hoffe auf einen positiven Ausgang.

Vor der Ansage und der darauffolgenden Auflösung, warum der begehrte Zug wohl heute seinen öffentlichen Transportdienst verweigert, dürfen noch Einsätze gemacht werden. Vom eher symbolischen »Habbick doch jewusst« bis hin zur Traumvilla mit Swimmingpool ist als mögliche Belohnung alles dabei. Je nach Buchmacher, Quoten und Mut zur Kombiwette aus *Grund – Folge – Ausflüchte.*

Die aufgezeichnet-freundliche Stimme aus dem Lautsprecher setzt zur Erklärung an – *rien ne va plus!*

»Aufgrund von (Grund):

- Polizeieinsatz
- Notarzteinsatz
- Weichenfehler
- Schaden am Fahrzeug
- höherer Gewalt wie Vulkan-ausbruch
- ausgelaufenem Kaffee auf dem Bedienpult in der Hauptzentrale

wird der Zug der S-Bahn-Linie S 42 heute leider (Folge):

- entfallen.
- fünf Minuten später eintreffen.

- ungeheizt und rückwärts einfahren.
- einen völlig anderen Streckenverlauf nehmen.

Wir bitten, die Unannehmlichkeiten (Ausflüchte als Höflichkeitsfloskel verkleidet):

- zu entschuldigen.
- zu ignorieren.
- in Ihrem Blog zu posten, um sich und andere zu erheitern.
- nicht mit der mangelnden Fertigstellung des Berliner Flughafen BER verallgemeinernd über einen Kamm zu scheren.

Vielen Dank.«

Als alter Hase tippe ich auf die Kombi 4-1-1.

Mein frierender Leidensnachbar linkerhand auf 2-4-4.

Mein leidender Frierensnachbar rechterhand auf 3-4-2.

Meine innere Stimme setzt alles auf eine Karte und orakelt scheinbar wohl wissend 6-3-3.

Der Lautsprecher löst auf.

»Aufgrund von ausgelaufenem Kaffee auf dem Bedienpult in der Hauptzentrale wird der

Zug der Linie S 42 heute leider ungeheizt und rückwärts einfahren. Wir bitten, die Unannehmlichkeiten in Ihrem Blog zu posten, um sich und andere zu erheitern.«

Okay, *er/sie/my inner me* hatte also wieder recht. Zu Recht, das muss man ihr lassen. Ich verspreche also, ab heute wieder auf meine innere Stimme zu hören. Sie scheint einfach vernünftig(er) zu sein.

»Glaub an dich und deine eigene Innenmeinung!«

Okay, da mach ich mit.

20 – *Last Christmas* in Berlin. Jedes Jahr …

Aufgrund eines gewissen Lebensalters hätten man und ich es ahnen können. Es kam trotzdem überraschend, unverhofft und spontan. So wie jedes Jahr der erste Schnee auf den Straßen.

Ich meine, es gab Anzeichen und Vorwarnungen. Die Saisonverschiebungen machen es einem allerdings schwer. Denn schließlich versuchen die Marketingabteilungen diverser Süßwaren- und Gebäckhändler die Saison bis in den März zu verlängern, nur, um sie dann direkt im Juli, noch vor den Sommerferien, wieder beginnen zu lassen. Spätestens aber, als in meinem Stamm-Netto um die Ecke Anfang September die entweder ersten Stollen dieses Jahres oder die letzten Kekse der Vorjahres-

Konsumsaison mitten in den Gang geschoben wurden, da hätte es mir auffallen müssen.

Es wird tatsächlich wieder Weihnachten. Also bald. Also mehr oder weniger bald. Eher mittelbald. Aber es kommt bestimmt.

Und dann ist es mir Anfang November passiert. Mein Stamm-Netto nötigte mir Stollenkonfekt auf. Anfang November. O nein, das werde ich jetzt vor meiner Mutter geheim halten müssen. Zu groß die Gefahr eines Spontanvortrages im Stil von: »Wir kaufen Weihnachtssachen frühestens am ersten Advent.« Wobei ich nie den Mut hatte zu fragen, ob »wir« mich aufgrund familiärer Bande ebenfalls einschließt. Seit meinem Auszug von zu Hause vor 18 Jahren folge ich dieser Devise trotzdem. Vorsichtshalber. Einfach nur, um sicher zu sein. Aber klar ist, dass ich das jetzt gut verbergen muss. Mindestens bis zum ersten Advent.

Oh, auf dem Heimweg ein Anruf. Natürlich. »Hallo Mama. Ja, hier alles gut. Oooooch, ich? Nee, nix Besonderes. Ist ja noch nicht mal Weihnachten oder so. Haha.« Und plötzlich gesteht sie mir im Nebensatz, gerade so, als wenn es nichts bedeutete, dass sie letzte Woche vor einem Konzert auch bereits gevorweihnachtet hat. Ein Glühwein war es, der mir mein Weltbild zumindest anriss und sämtliche Vorweihnachts-

Mustersohnambitionen meinerseits zunichtemachte. Kann man sich denn heute auf gar nichts mehr verlassen?

O doch, man kann. Und ich kann das auch. Neben der Tatsache, dass der 24. Dezember immer auf einen Heiligabend fällt, gehört eines irgendwie dazu. *Last Christmas* von *Wham!* Wohl kaum eine andere Gesangsdarbietung spaltet die vorweihnachtlichen Gemüter so wie diese. Und auch für dieses Lied gilt in meinen Augen der gute alte Monty-Python-Vergleich. Ähnlich wie für die Schwarzhumorigen von der Insel gilt auch für *Last Christmas*, dass du es entweder liebst oder hasst. Und zwar beides mit Leidenschaft und dem dazugehörigen Nachdruck, für die eigene Überzeugung einzustehen. Eine Grauzone ist nicht vorgesehen.

Und genau dort beginnt mein Problem. Während ich es in manchen Jahren nicht erwarten kann, das Lied zu hören (»Aha, jetzt ist Weihnachten«), gibt es auch Jahre, in denen ich ab Mitte November vorsichtshalber kein Radio mehr höre, weil ja *Last Christmas* laufen könnte (»Aha, jetzt ist Weihnachten«). Das nennt sich Konflikt. Noch keine Schizophrenie, aber hinreichend Konfliktpotenzial hat *Wham!* da schon 1984 in die Gesellschaft eingeführt. Und weckt dieses in jedem Jahr mit schöner Regelmäßigkeit zur Vorweihnachtszeit.

Nur um mal zu gucken, ob es nach diesem sich anbahnenden inneren Nervenaufrieb noch immer denselben Effekt hat, schalte ich nun das Lied ein.

»*Last Christmas, I gave you my heart. But the ...*«

Okay, das reicht. Ja, nervt noch. Oder schon. Vielleicht einfach noch zu früh, ist ja schließlich noch kein erster Advent. Oder ich brauche vorher einen vorweihnachtlichen Glühwein mit Stollenkonfektgeschmack.

»*...very next day, you gave it away.*«

Schluss jetzt. Ich gehe Monty Python gucken.

Now for something totally different and the bright side of life.

21 – NEXT OSTERN MIT *LAST CHRISTMAS* IN BERLIN. EIN EXPERIMENT …

Irgendetwas ist hier entweder sehr berechen-, durchschau-, vorhersagbar oder zeigt sich wenig abwechslungsreich. Entweder ist es meine Webseite oder die auffallende Vorgehensweise der Supermärkte bei Saisonwaren, die einen hohen Umsatz zu generieren versprechen.

Auf meine Webseite und mein Buch lasse ich nichts kommen. Da wird die Wahl also eng.

Grund für diese Feststellung ist mein kürzlicher Besuch im Verbrauchermarkt *neZle* (= nur eine Zigarettenlänge entfernt). Unschuldig wie ich immer so gucke schweift mein *neZle*-geschulter Blick über Bio-Joghurt, Osterhasen, Schälrippe und … Moment,

Osterhasen Mitte Februar? Zwei Monate vor dem eigentlichen Termin? Das sind ja fast vorweihnachtliche Zustände. Nicht dass das neu und überraschend wäre. Aber befremdlich allemal.

Und da ich mich in der Vorweihnachtszeit das ein oder andere Mal über *Last Christmas* echauffiert habe, fiel mir auch ganz schnell einer meiner ersten Beiträge ein, den ich Anfang November 2018 in das Internet blies. Und just kam mir eine Idee, eine spektakuläre.

Die Themen und Geschehnisse sind so nah miteinander verwandt und -woben, da ist es doch am deutlichsten und unterhaltsamsten, wenn ich diesen genannten Beitrag einmal recycle und kurzerhand anpasse. So wie man es bei *neZle* ja auch tut. Schlicht, um mal einen Punkt zu machen, und die Ausrechenbarkeit zur Schau zu stellen. Denn diese gefühlte Lieblosigkeit nervt mich irgendwie, und daher prangere ich das an.

Apropos *Last Christmas*. Hier noch ein ganz großer Brocken unnützen Wissens, der aber natürlich bei der Jauch'schen Millionenfrage einen klaren Vorteil bescheren würde. Davon abgesehen, wann und wo würde ich diesen nun folgenden an Ironie kaum zu überbietenden Fakt bitte noch unterbringen können? Kurzum, es gibt ein wenig bestätigtes Gerücht, dass *Last Christmas* vom Michael

George ursprünglich als Osterlied konzipiert war und *Last Easter* heißen sollte. Es wurde für das Weihnachtsgeschäft angepasst und ist nun heute das, was es ist. Ich finde kaum Worte, wie witzig ich das finde. Das für einen solchen Zweck nötige Smiley wurde noch nicht erfunden, um meinen aktuellen dämlich-kichernden Zustand hinreichend auszudrücken. Dieses Smiley hätte mindestens einen roten Mantel an, ein Osterei in der Tasche, schaute sarkastisch und würde Tränen der Lachfreude weinen. Während es wahrscheinlich Fahrrad fährt.

Egal, ich verliere den Faden. Genug also eingeleitet, hier nun der ursprüngliche Text des Beitrages aus der Vorweihnachtszeit mit den Anpassungen auf die Vor-Osterzeit.

[Recycling an]

Aufgrund eines gewissen Lebensalters hätten man und ich es ahnen können. Es kam trotzdem überraschend, unverhofft und spontan. So wie jedes Jahr der erste Schnee auf den Straßen. Ich meine, es gab Anzeichen und Vorwarnungen. Die Saisonverschiebungen machen es einem allerdings schwer. Denn schließlich versuchen die Marketingabteilungen diverser Süßwaren- und Gebäckhändler die Saison bis in den ~~März~~

Mai zu verlängern, nur, um sie dann direkt im Juli, noch vor den Sommerferien, wieder beginnen zu lassen. Spätestens aber, als in meinem ~~Stamm-Netto~~ *neZle* um die Ecke ~~Anfang September~~ Mitte Februar die entweder ersten ~~Stollen~~ Schokohasen dieses Jahres oder die letzten Kekse der Vorjahres-Konsumsaison mitten in den Gang geschoben wurden, da hätte es mir auffallen müssen. Es wird tatsächlich wieder ~~Weihnachten~~ Ostern. Also bald. Also mehr oder weniger bald. Eher mittelbald. Aber es kommt bestimmt.

Und dann ist es mir heute passiert. Mein Stamm-Netto *neZle* nötigte mir ~~Stollenkonfekt~~ gefüllte Ostereier auf. ~~Anfang November.~~ Mitte Februar. O nein, das werde ich jetzt vor meiner Mutter geheim halten müssen. Zu groß die Gefahr eines Spontanvortrages im Stil von: »Wir kaufen ~~Weihnachtssachen~~ Osterkram frühestens ~~am ersten Advent~~ drei Tage vor Ostern.« Wobei ich nie den Mut hatte zu fragen, ob »wir« mich aufgrund familiärer Bande ebenfalls einschließt. Seit meinem Auszug von zu Hause vor 18 Jahren folge ich dieser Devise trotzdem. Vorsichtshalber. Einfach nur um sicher zu sein. Aber klar ist, dass ich das jetzt gut verbergen muss. Mindestens bis zum ~~ersten Advent~~ Karfreitag.

Oh, auf dem Heimweg ein Anruf. Natürlich. »Hallo Mama. Ja, hier alles gut.

Oooooch, ich? Nee, nix Besonderes. Ist ja noch nicht mal ~~Weihnachten~~ Ostern oder so. Haha.« Und plötzlich gesteht sie mir im Nebensatz, gerade so, als wenn es nichts bedeutete, dass sie letzte Woche vor einem Konzert auch bereits ~~ge-vorweihnachtet~~ rumgeeiert hat. Ein ~~Glühwein~~ Schokoei war es, ~~der~~ das mir mein Weltbild zumindest anriss und sämtliche ~~Vorweihnachts~~ Oster-Mustersohnambitionen meinerseits zunichtemachte. Kann man sich denn heute auf gar nichts mehr verlassen?

O doch, man kann. Und ich kann das auch. Neben der Tatsache, dass der ~~24. Dezember~~ Karfreitag immer auf einen ~~Heiligabend~~ Freitag fällt, gehört eines irgendwie dazu. *Last ~~Christmas~~ Easter* von *Wham!* Wohl kaum eine andere Gesangsdarbietung spaltet die ~~vorweihnachtlichen~~ österlichen Gemüter so wie diese. Und auch für dieses Lied gilt in meinen Augen der gute alte Monty-Python-Vergleich. Ähnlich wie für die Schwarzhumorigen von der Insel gilt auch für *Last ~~Christmas~~ Easter*, dass du es entweder liebst oder hasst. Und zwar beides mit Leidenschaft und dem dazugehörigen Nachdruck, für die eigene Überzeugung einzustehen. Eine Grauzone ist nicht vorgesehen.

Und genau dort beginnt mein Problem.

Während ich es in manchen Jahren nicht erwarten kann, das Lied zu hören (»Aha, jetzt ist ~~Weihnachten~~ Ostern«), gibt es auch Jahre, in denen ich ab Mitte ~~November~~ Februar vorsichtshalber kein Radio mehr höre, weil ja Last *~~Christmas~~ Easter* laufen könnte (»Aha, jetzt ist ~~Weihnachten~~ Ostern«). Das nennt sich Konflikt. Noch keine Schizophrenie, aber hinreichend Konfliktpotenzial hat *Wham!* da schon 1984 theoretisch die Gesellschaft eingeführt. Und weckt dieses in jedem Jahr mit schöner Regelmäßigkeit zur Vor-~~Weihnachts~~Osterzeit.

Nur um mal zu gucken, ob es nach diesem sich anbahnenden inneren Nervenaufrieb noch immer denselben Effekt hat, schalte ich nun das Lied ein.

»*Last ~~Christmas~~ Easter, I gave you my ~~heart~~ Schokohase. But the ...*«

Okay, das reicht. Ja, nervt noch. Oder schon. Vielleicht einfach noch zu früh, ist ja schließlich noch kein ~~erster Advent~~ Karfreitag. Oder ich brauche vorher ~~einen vorweihnachtlichen Glühwein mit Stollenkonfektgeschmack~~ ein Osterei mit Whisky darin.

»...very next day, you gave it away.«

Schluss jetzt. Ich gehe Monty Python gucken. *Now for something totally different and the bright side of life.*

[Recyling aus]

Es geht also. Dann mache ich mich mal schon auf die Suche nach den ersten Eiern. Wird Zeit. Ist ja schon Mitte Februar.

22 – Kommt nach dem gescheiterten Mietendeckel in Berlin die Deckelmiete?

So gerne ich auch nachsichtig mit Berlin und den kleinen Macken bin, es ist ja nun auch nicht so, dass es plötzlich in der geliebten Hauptstadt nichts mehr zu anzuprangern gäbe.

Womit wir beim Thema wären.

~~Ganz/dreiviertel/halb~~ Berlin sprach und schriebt lange von und über den Mietendeckel. So richtig wusste aber keiner, angefangen und aufgehört bei mir selbst, was genau da eigentlich auf uns hätte zukommen sollen. Hätte ich als Mieter davon überhaupt profitiert? Hatte er mich ruinieren wollen, als ich nach erfolgreicher Verfassungsklage plötzlich zu wenig gezahlte Miete nachzahlen musste? Schreckte er Investoren ab, die eigentlich neu bauen wollten? Wäre damit, und das stand eigentliche die ganze Zeit zu befürchten, das eigentliche Problem der Wohnungsknappheit gar nicht angegangen oder gar gelöst worden?

Dabei lag diese Lösung doch auf der Hand, und zwar schon lange vor müßigen Deckeldiskussionen. Ich meine, mich an eine meiner allerersten Vorlesungen in »Volkswirtschaftslehre – Grundlegendster Grundkurs I« zu erinnern, wo es hieß: »Nachfrage über Angebot zieht steigende Preise nach sich.«

Okay, genau das Problem haben wir auch heute noch in Berlin. So darf ich messerscharf schlussfolgern, dass man in Berlin, wollte man die Mieten denn wirklich unter Kontrolle bringen, schlicht für ein höheres Angebot an Wohnraum sorgen müsste. Man sollte also bauen und bauen lassen und selbiges nicht noch unnötig erschweren. Das sollte, basierend auf der obigen Aussage, also das erste Ziel sein. Alles andere ist wohl eher das versuchte Einwirken auf Auswirkungen.

Nun hatte man aber ein Experiment beschlossen, eben nicht dort anzusetzen, sondern verabschiedete stattdessen den Mietendeckel. Mit dessen Hilfe hatte man bestehende Mieten deckeln wollen. Quasi einfrieren und für die Nachwelt konservieren. Das hieß nun also, dass unter bestimmten Umständen bestimmte Mietendeckel eingefroren waren.

Einfach so.

Ich fand das unverschämt. Und daher prangerte ich das an.

Die armen Deckel. Sicherlich hatten die sich dann vorher etwas Ordentliches angezogen, um sich in der Zeit nicht die Nieren zu verkühlen.

Wollte man sie dann in fünf Jahren etwa wieder auftauen und so tun, als wäre nichts gewesen? Sie dann zeitlich neu orientieren? Hätten sie sich zurechtgefunden in der neuen Umgebung? Wären sie zurechtgekommen mit der geänderten Marktlage, an die sie ein wenig den Anschluss verloren gehabt hätten?

Ich weiß noch immer nicht, was eigentlich genau das Problem mit den Deckeln ist, dass die einfach so eingefroren wurden. Haben doch niemandem was getan. Und wir haben doch damals wie heute mehr als ausreichend schöne Deckel in Berlin, mit denen man über ihr Schicksal zumindest einmal reden sollte. Wir haben …

- … antike Deckel aus der Gründerzeit.
- … neue Deckel mit Alurand und Dampfauslass.
- … gusseiserne Gullideckel, die mir sagen, wie weit es von Berlin bis

nach Hamburg ist.

- … außerdem Bierdeckel, Pfandflaschendeckel, Dosendeckel und Glasdeckel.

Die Unsicherheit wächst jedoch zusehends. Was kommt nach dem gescheiterten Mietendeckel? Die Deckelmiete? Wird also für Deckel in Zukunft eine Miete fällig?

Würde man diese Miete nach dem ähnlichen Schema an- und durchsetzen wie die aktuellen Deckel, dann sähe das ungefähr so aus:

- Für neue Deckel von Neutöpfen mit einem Produktionstermin zwischen dem 1.8.2018 und Oktober 2019 wird eine Mietpauschale plus Neuheitszustandszuschlag in Höhe von 11 % des Kaufpreises fällig. Hierbei wird allerdings der angenommene inflationsbereinigte Kaufpreis von 2013 zugrunde gelegt.
- Deckel von Töpfen mit einem Nettovolumen von weniger als 2 Litern mit einem Produktionsdatum vor dem 1.8.2018 werden mit einer Sondermiete belegt, so das Datum jedoch nicht vor dem 1.1.2015 liegt. Diese soll, je nach Erhaltungszustand

des Deckels, zwischen 5,5 % und 9 % des seinerzeit aktuellen Kaufpreises betragen. Dieser muss einwandfrei belegt werden, um einer zusätzlichen Strafmiete von 3 % zu entgehen.

- Deckel vor dem 1.1.2015, die nicht an einem ungeraden Mittwoch produziert wurden, werden mit einer Pauschalmiete von 7,5 % des Kaufpreises belegt. Wurden aber seitdem energieeffiziente Deckeldämmungsmaßnahmen gegen übermäßigen Gardampfaustritt vorgenommen, sinkt die Pauschale um 2,3 % pro m^2 Deckelaußenfläche. Diese Maßnahmen müssen aber separat beantragt und auf der Steuererklärung des entsprechenden Jahres rückwirkend geltend gemacht werden. Das Finanzamt hilft hier sicher gerne.
- Deckel von Töpfen mit mehr als 2,5 Litern aus gestauchtem Streckstahl aus den produktionsstarken Jahrgängen 2003, 2007 und 2011 werden von der Deckelmiete gänzlich ausgenommen. Das wollte die Lobby so.

Weitere Besonderheiten gelten für:

- Deckel aus Glas wegen der guten Abgaswerte.
- Deckel aus echter Thüringer Emaille wegen der geschützten geografischen Herkunft.
- Deckel mit Folie.
- Deckel ohne Folie.
- Deckel aus den Jahren vor 1970 wegen der besonderen Schutzwürdigkeit. Diese können mit einem »H« für »Historisch« versehen werden, so sie sich in unsandgestrahltem Originalzustand befinden.

Na, das kann ja was werden. Harren wir der Dinge.

Die gute Neuigkeit aber noch zum Schluss. Um ausufernde Deckelmieten von vornherein zu deckeln, wurde im selben Zuge der Deckelmietendeckel entworfen.

Super.

Schon mal gleich an später gedacht.

Von wegen kompliziert.

23 – Berliner Küchenkommunismus

Jeder, der bereits einmal in einer Wohngemeinschaft gelebt hat, wird hier mitfühlen können.

Denn das, was wir zu Studienzeiten in WGs und später im privaten Umfeld in Familien vorfinden, ist doch im Grund nichts anderes als eine seit Generationen um sich greifende Ideologie. Sie ist nicht gefährlich, aber nervenaufreibend und mitunter kostspielig. Jedoch macht sie sich fast unbemerkt, aber stetig plätschernd breit. Die Rede ist vom berüchtigten

Berliner Küchenkommunismus (BKK)

Diesen zeichnet im Endeffekt die Idee aus, dass in einer Küche alles einfach allen gehört.

Auch ungefragt. Privateigentum an Ressourcen wie Nutella, Kaffee oder Toast gibt es nicht, da hier die Meinung vorzuherrschen scheint: »Was ich nicht selber habe, kann ich mir bestimmt nehmen. Macht Darius-Johann aus dem dritten Semester ja auch.«

Das Schöne daran ist allerdings, dass der BKK nicht selten Leute unterschiedlichster Einkommensschichten, Herkunft und Bildung zusammen-zubringen weiß. Denn vor allem in seiner am meisten verbreiteten Unterart, dem *Kühlschrankkommunismus (KSK)*, geht es nicht selten um Belangloses wie Butter. Diese könnte vom Sohn des Alt-68ers (hier der »Geber« oder »Mit-Teiler«) unwissend, da ungefragt, mit dem Sohn des Herrn Professor (hier der »Nehmer« oder »Ab-Teiler«) geteilt werden. Und so erreicht die *Volkseigene Butter (VEB)* das, was der Ellenbogenkapitalismus seit Generationen nicht zu schaffen vermag. Könnte einen doch fast stolz machen.

Auf der anderen Seite ist der gefühlte Schaden durch den *Butterraub (BER)* für die Volkswirtschaft jedoch kaum zu beziffern. Könnten denn die Papiertiger aus Brüssel dagegen nicht etwas unternehmen?

Das Grundprinzip des Kommunismus scheint im Übrigen ebenfalls für

Geschirrspülmaschinen zu gelten, wenn auch anders. Denn neben oder auf dieser wird regelmäßig aufgebaut. Tassen, Teller und Besteck in sonderbaren architektonischen Formen, wie man sie sonst nur vom *All-you-can-eat*-Buffet kennt.

Nachdem die Grundprinzipien des *BKK* hinreichend verstanden wurden und in der mitwohnenden Gesellschaft ihre Mehrheit gefunden haben, steht der Verbreitung durch geschickte Agitation nichts mehr im Wege.

Schluss mit seichten, dahin-plätschernden und ausschweifenden Reden! »Pragmatismus im Kommunismus *now*!«, lautet die neue Devise.

Man stelle sich nun also vor, dass sich sämtliche Küchennutzer zum morgendlichen *Küchenappell (moKa)* einfinden. Das Stehen stärkt neben den Waden auch das gemeinschaftliche Küchen-, Koch- und Zusammengehörigkeitsgefühl abseits von *VEB* und *BER*.

Einer der etwas realitätsferneren Papiertiger aus dem *Zentralen Küchenplanungstudio (ZeKüpso)* würde das Küchenmanifest zu verlesen versuchen, und stimmt an:

Brüder, zum Kühlfach, zur Butter,
Brüder, und den Senf dazu!
Hell aus dem dunklen Kühlfach

leuchtet die Zukunft hervor. (...)

Während die musikalische Fraktion die 1. Kücheninternationale anzustimmen gedenkt:

Wacht auf, Kaffee-Junkies dieser Erde,
die stets man zum Entkoffeinierten zwingt!
Das Recht auf Toast vom warmen Herde
nun mit Macht zur Knusperbräunung dringt.
Nehmt das Brot auch von dem Bedränger!
Heer des Aufstrichs, wache auf!
Das Ei allein zu pellen, tragt es nicht länger.
Gemeinsam zu pellen macht wohlauf!
Esser, hört die Signale,
auf zum nächsten Menü.
Die Gersten-Kaltschale
bekämpft den Hunger im Nü.

Danach sind glücklicherweise noch 1,5 Stunden Zeit, um belanglose Themen wie die Planerfüllung zu diskutieren. Da diese Pläne vom genannten Zentralstudio stets für fünf Jahre festgesetzt werden, werden allerdings sowohl Putz- wie auch Einkaufsplan manchmal von der Realität eingeholt.

Besonders enthusiastische Gemeinschaftsteiler schwingen zwischendurch die Fahne, die unverkennbar Gabel und Messer (gekreuzt) auf stilisiertem Kühlschrank auf rotem Hintergrund zeigt.

Zufrieden stimmen am Ende alle zusammen das Lied der *küchen'schen Abwaschtruppen (kAt)* an:

Einst entstanden aus Etüden
und dem Kühlschrank zugewandt,
Sollst du mir die Wurst andienen,
Küche, mein Gemeinschaftsland ...

Es lebe die Gemeinschaft. Und ich werde ich mir dann mal ein Butterbrot ~~machen~~ nehmen.

24 – Vegane Berliner Freuden mit Rasen

Die vor einiger Zeit von mir selbst herbeigeführte Diskussion um Berliner Kommunismus, Küchen und Kaffeegemeinschaften ist offensichtlich nicht ganz spurlos an mir vorbeigegangen.

So sehr ich mich aber auch anstrenge und sogar dem Goethe'schen Osterspaziergang die Einleitung überlasse, etwas Feingeistiges zu ersinnen gelingt mir nicht. Aber das ist in Ordnung und ich muss wohl festhalten und akzeptieren, dass ich mehr der Mann fürs Grobgeistige bin. Zumindest was das Dichten angeht.

Vom Fleische befreit sind Brot und Gurke.
Nichtsdestotrotz brät dort der Schurke
Tofu kross mit Rinderfett

statt Pflanzenölen. Nicht sehr nett!
Lass doch, sprach sie, die Kuh in Ruh!
Gib lieber Öl vom Raps hinzu!
Denn braten in des Rindviehs Schwarte
würd' doch den Veggie-Zweck, na warte,
völlig ins Absurde drängen.
Egal, wie lange sie abhängen
vor der Verwendung in der Pfanne.
Und so drängt sie ihn, den Manne,
nun zum Pflücken von dem Rasen,
den sie eh bevorzugt aßen.
Denn Rasen ist, nicht nur im Westen,
roh-unfrittiert am allerbesten.
Und spart den zwei'n, man ahnt es schon,
die leidig' Küchendiskussion.

25 – Berliner Rückschritte in die Zukunft

Vor einiger Zeit hat man beim Fluchen noch »Zetermordio« gerufen, wenn man seinen Frust kundtun wollte, weil etwas so absurd wie kaum begreifbar erschien. Somit wäre dieser Ausdruck praktisch die antiquierte Urform des modernen »wattafak«.

Einen solchen Moment erlebte ich vor einiger Zeit als ich las, dass die Stadt Berlin ein Neuland-Pilotprojekt gestartet hatte. Projekte in gewissen Größenordnungen sind ja, bis auf wenige Ausnahmen, in Berlin für sich genommen schon abenteuerlich genug. Und da reden wir noch nicht von einem neuen Fußballstadion vom potentiellen Zweitligisten Hertha BSC.

Im Zuge der Neulandgewinnung wollte man nun aber herausfinden, ob der hauptstädtische Lehrkörper es gebacken kriegt mit (sicherer) E-Mail-Kommunikation umzugehen. Und ob sich bei Nutzung selbiger vielleicht sogar Vorteile erkennen, ablesen oder hineininterpretieren lassen. Dazu kommen dann noch High-End-Anwendungen wie Kalender, Schreibprogramm und Dateispeicher.

Wow, da wollte wohl die Verwaltung mit aller Macht und neuer Technik ins 21. Jahrhundert aufbrechen, und machte gleich Nägel mit Köpfen. Wenn auch zunächst erstmal vorsichtige Projektnägel mit umsichtigen Testköpfen.

Es ging also darum, die unglaublichen Möglichkeiten der elektronischen Mediennutzung in Berlin zu testen.

Im Jahre 2021 begann man also in Berlin mit E-Mail und Videokonferenz. Und sind die Ergebnisse zufriedenstellend, dann sollen alle 33.000 Lehrer sowas bekommen. Zwar eher perspektivisch, aber wohl noch im Jahre 2021. Höchstwahrscheinlich.

Seit dem sinniere ich ob mich das ängstigen oder zum Ausruf »Auf zu neuen, digitalen Ufern!« verleiten soll. Ich drücke ebenfalls seitdem permanent die Daumen, dass es gut ausgeht, und es nicht nur eine hingehaltene Möhre ist. Denn diesen massiven technischen Fortschritt versprechen und dann nicht einhalten, das wäre doch …

Mir ist natürlich klar, dass die Umstellung und Versorgung einer ganzen Verwaltungseinheit schwieriger ist, als wenn ich mir bei Google eine Mailadresse registriere. Aber das Ganze mit einer Verzögerung von Jahrzehnten in Angriff zu nehmen, macht mich schon skeptisch.

Daher bleibt mir schlussendlich nur zu hoffen, dass wir uns damit nicht am Ende des Tages wieder zum Affen machen.

Na klar wissen wir über uns selbst zu lachen. Aber in skandinavischen Ländern waren Schulen schon vor 20 Jahren komplett vernetzt, während hierzulande der Ausbau des breitbändigen Internets seit Jahren blockiert wird.

Also dann, brechen wir auf. Aber schön langsam …

26 – Milliardär for a day in Berlin …

An einem Abend im Dezember 2021 trug es sich zu, dass ich nichtsahnend in meine App schaute, die mir sekundenaktuell über mein Guthaben in diversen Kryptowährungen Auskunft zu geben bereit ist.

Zugegeben, bei diesem Unterfangen macht sich immer ein kleiner Hoffnungsschimmer breit, ob ich es nicht durch Zufall oder göttliche Fügung geschafft habe auf das richtige Pferd zu setzen, und meine digitale Börse gerade explodiert ist. Auf den einen Coin, der so richtig ab- und durch die Decke geht. Der Coin, bei dem ich nicht erst einsteige, wenn der Höchststand schon vorbei ist, ich aber aufgrund von »FOMO-

Phänomenen (Fear of missing out, also die Angst etwas zu verpassen)« unverzeihlicherweise doch einsteige, nur um dann angeschnallt in der ersten Reihe live den Sinkflug mitzuerleben.

So auch an diesem Abend. Nur mit dem Unterschied, dass sich Herz, Hirn und Beine für ungefähr dreikommavier Sekunden wie Wackelpudding anfühlten. Denn was mein digitales Portemonnaie da zeigte war das:

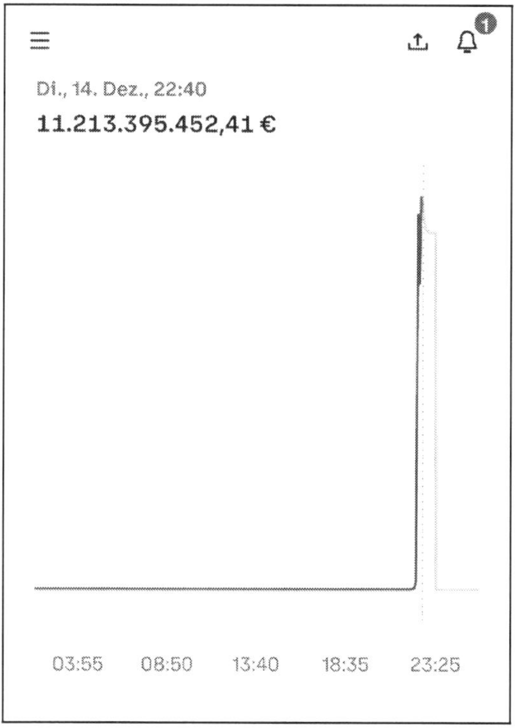

Ja, das Bild ist echt. An diesem Abend war ich Krypto-Milliardär.

Oder anders gesagt: In irgendeinem Paralleluniversum war ich gerade Besitzer von 11.213.395.452 Euro und 41 Cent.

Elfmilliarden.
Zweihundertdreizehnmillionen.
Dreihundertfünfundneunzigtausend.
Vierhundertzweiundfünfzig Euro.
Und einundvierzig Cent.

Nicht so übel.

Zu dieser Stunde war ich der König.

Ich beschloss allerdings nicht in Panik, Größenwahnsinn oder einen Verkaufsrausch zu verfallen. Schön ruhig bleiben und in der knisternden Grütze, die nun da war, wo sonst mein Hirn arbeitete, einen klaren Gedanken fassen.

Klar, auf dem Boden bin ich geblieben. Habe auch in dieser Hochphase nicht vergessen wem ich was zu verdanken habe und wo ich herkomme. Wo mein Blog und mein Block sind. Nur nicht abheben, die Füße unten lassen und die Wurzeln nicht vergessen.

Doch, natürlich nähte ich in Gedanken schon etwas an ein paar wilden Träumen und

Ideen was ich mit dem Geld machen könnte. Welche Witze ich mache, und ob ich auch der Academy danken sollte, wenn ich bei der Wahl zum »Selfmade-Krypto-Milliardär des Jahres from Germany« auf der Bühne am Mikrofon stehe.

Als ich dann doch anfing darüber nachzudenken, was ich für so viel Geld auf dem wunderschönen Inselstaat namens »Renézuela« alles würde kaufen können, wurde ich unsanft auf den Boden der Tatsachen zurückgeholt, den ich ja nie verlassen hatte. Hier MUSS es sich um einen Fehler handeln. Ich könnte es mir weiter schönreden und den Grund zu finden versuchen, aber es wird ein Fehler bleiben. Und wie das Bild ebenfalls zeigt, war ungefähr nach einer halben Stunde auch der schönste Anzeigefehler der Welt behoben.

Da nichts dazu im Internet zu finden war und auch keine Überweisung auf meinem Girokonto einging, die das Fehlen der elf Milliarden Euro in Krypto erklären könnte, muss es wohl ein recht exklusiver Fehler gewesen sein.

Etwas Gutes hatte es: ich kramte ein altes Album von 1995 von einer meiner Lieblingsbands heraus. Da hatte Faith No

More nämlich ihr Album »King for a Day… Fool for a Lifetime« herausgebracht … irgendwie fühlte ich mich daran erinnert.

27 – Weihnachten in Berlin …

»Schaaa-haaa-tz?« echot es durch den Flur, als ich am 23. Dezember den Weihnachtseinkauf in drei Tüten aus recycelten Einwegflaschen umsichtig durch die Wohnungstür wuchte. Klar, dass ich vor lauter Bratäpfeln und Marzipan trotzdem irgendwie den Kartoffelsalat vergessen habe … Ob ich nochmal losgehen sollte? Oder müsste? So ziehen die Gedanken durch mein Hirn, als ich mit der viel wichtigeren Frage konfrontiert werde: »Schaaa-haaa-tz? Kannst du dann bitte gleich mal den Baum aus dem Keller holen und aufstellen? Ach ja, und bring auch den Weihnachtsschmuck mit. Ja, alle einundzwanzig Kisten! Du wirst mehrmals gehen müssen!«

Ich ringe mir ein freundliches »Logisch, ich

stelle nur kurz den Einkauf hin!« ab, und setze mich in Bewegung. Aber an der Stelle, an der ich normalerweise die Taschen ablade, stehen vier unterschiedlich große Teller mit Weihnachtsmotiven und Katzenfutter. Vier! Vier? Warum auch immer.

Na gut, räumen wir sie in die Spüle. Das geht nun nicht, denn diese ist voller Backutensilien, die nach dem Keksherstellungsgroßeinsatz auf die Waschung warten.

Gut, räumen wir also erstmal die Küche auf. Die leere Packung Eistee in den gelben Sa… wo ist der Eimer dafür? »Im Ba-aaad! Ich musste den auswaschen! Der roch nach Katzenfutterdosen! Wann holst du den Baum?«

»Halb-bald bis mittel-gleich!« antworte ich weise, um etwas Zeit und vorher den Eimer aus dem Bad zurückzugewinnen. Doch über den Eimer hat das Schicksal die Weihnachtstischdecke nach dem Schonwaschgang ausgebreitet, die dort trocknete und jetzt erstmal gebügelt werden muss. Wie lange war ich eigentlich einkaufen?

Um an das Bügeleisen zu kommen, muss ich noch flink das Regal im Flur durchforsten, aus der Kammer mit dem klemmenden

Schloss die Verlängerungsschnur holen, dann außerdem … eine Stunde später liege ich aus unerfindlichen Gründen hinter dem Sofa mit einem Zollstock in der Hand und richte das Laminat.

Nur der Baum steht noch immer nicht …

NACHWORT

Das alles ist nun also Berlin.

Schaut man sich dazu noch ein paar weitere Fakten an lässt sich feststellen, dass sich allein zwischen 1996 und 2018 die Anzahl der Berlin-Besucher von 3,2 Millionen auf 13,5 Millionen mehr als vervierfacht hat. Und diese 13,5 Millionen Gäste haben in 2018 mehr als 32,8 Millionen Übernachtungen in der Hauptstadt gebucht, im Schnitt schlief also jeder 2,4 Nächte hier.

Und was schafft man in durchschnittlich drei Tagen zu erleben, und weswegen kommen die Touristen? Wegen unserer Freundlichkeit? Der Currywurst? Des guten Wetters? Der Sehenswürdigkeiten? Ja, der Großteil der Gäste kommt tatsächlich in erster Linie wegen der Sehenswürdigkeiten, Kunst und Kultur. Und davon haben wir eine Menge. Auch wenn nicht klar ist, ob die »Berliner Schnauze« unter Kunst läuft. Eine Sehens- beziehungsweise Hörenswürdigkeit ist sie allemal.

Das alte Vorurteil, dass man beim Berliner Bäcker oder im Bus immer passend bezahlen muss, weil dem Gast sonst unter Umständen die Dienstleistung verweigert wird, scheint sich in den letzten Jahren immer weiter zu entkräften. Das mag an Freundlichkeitsschulungen liegen, dem Sommer-märchen 2006 oder an der Möglichkeit, auch Centbeträge mittlerweile kontaktlos per Handy zu bezahlen.

Auf jeden Fall sollten die vorgenannten Geschichten zu mindestens einem Berlinbesuch animieren. Es ist toll hier, und wir haben immer geöffnet.

– Der BerlinAutor

Über den Autor

René Staffeldt wurde 1980 in Mecklenburg geboren, und wohnt seit 2005 in Berlin. Auf diversen Webseiten veröffentlichte er seit 2018 in unregelmäßigen Abständen Beiträge, Anekdoten, Texte und Gedichte zu unterschiedlichen Themen aus der deutschen Hauptstadt.

Um seinem selbst gewählten Schwerpunkt Berlin weiter Vortrieb zu leisten, ist seit 2020 seine Webseite unter https://berlinautor.de zu erreichen. Unter dem hip-kreativen Pseudonym BerlinAutor werden hier Berlinaktivitäten gesammelt, gebündelt und für Fans und Nachwelt ansprechend aufbereitet.

Seinen Stil bezeichnet er selbst als »Funny Fiction«, der sich irgendwo zwischen Joachim

Ringelnatz, Heinz Erhardt und Loriot bewegt. Hier findet sich eine Menge Ausgedachtes, Unterstelltes und Behauptetes mit starkem Hang zum Wortwitz.

Die hier mitunter vorkommenden Wortneuschöpfungen sind daher kein Versehen, sondern Absicht und Teil des Gesamtkonzeptes.

Der Begriff »Berlinerick« ist ebenfalls eine Schöpfung des Autors.

Dank geht an dieser Stelle an Christiane vom Blog »Irgendwas ist immer« (https://365tageasatzaday.wordpress.com), deren allgemeine Unterstützung und Förderung sowie deren regelmäßiger Aufruf zu den »Etüden« regelmäßig die Inspiration für diese Kurzgeschichten liefert. Nicht unerwähnt bleiben soll hier der werte Werner vom Blog »Mit Worten Gedanken horten« (https://wkastens.wordpress.com) für die Einführung in und die Heranführung an das Thema »Gedichte«.

Berlin, im April 2022

Printed in Poland
by Amazon Fulfillment
Poland Sp. z o.o., Wrocław

18939610R00070